U0928231

最好的告别，是将你遗忘在路上

老m◎著

中国華僑出版社

目录 CONTENTS

目录

目录

最好的告别，是将你遗忘在路上

目录

最好的告别，是将你遗忘在路上

说好的，两个人一起去马尔代夫，去拉斯维加斯，去西班牙，去土耳其，去越南，去云南支教——去世界上曾经约定的任何一个角落……而最后，却只能一个人上路。

一个人，究竟要走多远，才能放下另一个人？究竟要寻觅多久，才能相逢最好的自己？

引 子

一个人，从这里开始吧

在马尔代夫能进行的所有室内娱乐项目里，失声痛哭一定不是最好的选择。

正午的阳光照在蔚蓝的印度洋上，海水剔透，彩色的鱼群穿行其间，像穿行于一望无际的透明果冻之中。

我倚着月桂岛独有的二层水上屋的阳台栏杆，把脚悬在水面上，呆呆地看鱼已经三个小时了。揉揉肿胀的眼睛，起身走回房间。这是一间马尔代夫风格浓郁的水上屋，纯白的墙壁、栏杆，海蓝色的布饰，还有一张正对着 270° 海景的宽大的床铺和阳台上露天的鸳鸯浴池。

走过餐桌的时候，我忽然发现在用作装饰的白色贝壳中间，有一个风格古朴的小木桶，以及碎冰块簇拥着金色锡箔纸包裹着的香槟，附带一张手写的卡片，“Wish you a happy honeymoon（祝蜜月愉快）”，署名是J岛酒店经理安德森。透过这热情洋溢的手写体，我甚至能看到这位安德森先生真挚的笑容。我颤抖地拿起这张卡片，颓然跌坐在地，找了一个舒服的姿势把上半身扑倒在身边的蓝白相间的麻质沙发上，开始号啕大哭。

没错，这是我的“蜜月旅行”，我是说，本该是。

跟男朋友分手是在蜜月旅行之前 10 天。确切地说，是“被分手”。他告诉我他不准备跟我结婚的时候，我刚从银行换了美元回来，正兴致勃勃地在淘宝上买潜水装备。

什么？你不去了？

我理解，你们公司年底一定会很忙。

你……你不想去了？

亲爱的，你别闹了。

为什么？

不能结婚？你不能跟我结婚了？

你……

你……

为什么？

她是谁？

多久了？

那我该怎么办？

迫于越来越近的出发时间的压力，他不得已说了实话。其实也不是不能理解：半个月时间封闭环境的耳鬓厮磨，对于他这个未经表演专业院校培训的临时客串演员，能演

好“甜蜜的未婚夫”的角色而不露破绽，的确是一个巨大的挑战。何况，这场演出耗时费力要花钱，结局还注定是个悲剧。更何况，也没有演下去的必要了——他要分手。

可以理解，却不代表可以接受！

为了这场准备了两个月的旅行，我已经辞了那个鸡肋一样的工作。并且在张总刚要开始口水四溅、痛心疾首地教训之前，我说出了那句憋了三年之久的“我不伺候了”。并且，为了加强语气，顺手用积攒了三年的力气拍了那张备受张总口水“雨露恩泽”的委屈的办公桌。于是，整个世界安静了。我能清晰地听到张总咽下口水的“咕噜”声。

“咕噜”，公司的这扇大门算是紧紧地关上了。

旅行攻略已经写了满满5页的word纸。小五号的字体，正反面。去马尔代夫的机票、酒店……都订得差不多了。最重要的是，在神游的准备工作中，我的心早就飞了过去。当然，他一直因为“工作忙”，没有参与其中。

对于这场男主角缺席的“蜜月旅行”，我的第一个念头当然是放弃：撕了行程单，砸了电脑，去他的退票费和退订赔偿。老娘都被“退婚”了，还不能退个票吗？

于是，我拖着虚弱的身体，睁开因为整夜流泪肿成一条缝的眼睛，趴在电脑前挨个取消预订。一抬头，我看见了电脑桌后面的书架。满满三大书柜，我们两个爱看的书交叉排列，就像我们曾经的生活，水乳交融，不分彼此。现在如果我们分开，就会分别取回彼此的书，就像拆开一座共同搭建的房子。

这本《张爱玲全集》是我的，那本《福尔摩斯全集》是你的，这本《红楼梦》是我的，那本《三国演义》是你的，《1Q84》第一、二集是我的，而第三集，是你特意给我买的……

我往左转了10°，看到桌子上摆着我们一年前拍的照片，“傻傻两个人，笑得好甜”；再10°，他的鞋一只立着，一只倒着放在门口，那是我送给他的生日礼物；再15°，茶几上的烟灰缸里，装满了我们分手那晚他彻夜抽烟留下的烟蒂和厚厚的烟灰……再15°……再15°……我在房间里转了一圈，整个房间里堆积着无数已经失去意义的“纪念品”，就像我们的爱情的尸体，静静散发着黏稠的腐臭，令人窒息。

我要逃！

我要逃离这间屋子，这座城市，这个国度。我甚至想逃离这个世界！

旅行？对！

我需要一场旅行。哪怕是一个人的“蜜月旅行”。

谁规定旅行必须二人以上才能出发？

谁说一个人不能旅行？

我们出生的时候是独自来到这个世界的，死亡的时候也是独自离开的，其间认识的人都不过是旅伴。漫长的人生之旅尚且是一个人，又何惧这10天？

对于现在的我来说，只要能逃开这间遍布悲伤、犹如地狱的50平方米的单元房，哪里都是天堂。

但是，世界之大，回忆蔓延，又能逃到哪里去呢？

把我那5页、小五号字体、正反面的旅行攻略重新找出来，展平，让我一个人，就是从这里开始吧。

马尔代夫 | 一个人的蜜月之旅

然后，我就一个人上路了

从北京飞到新加坡，5个小时，新加坡机场转机等待2个小时，飞机延误1个小时，新加坡飞到马累，4个小时，马累乘内陆航空到Hanimado机场，1个小时，Hanimado坐快艇到月桂岛(Cinnamon Island Alidhoo)，20分钟。

除了吃饭、上厕所、睡觉，我的眼泪流了13小时20分钟，6000千米。

快到马尔代夫的时候，我向舷窗外望了一眼，湛蓝的海水上零落散布着大小不一的孔雀蓝色的圆形岛屿，多么像一条被我的大滴泪水打湿的蓝床单啊！我扭回头，又哭了起来。马尔代夫被誉为“上帝抛撒到人间的项链”，对我来说，却是“上帝抛洒到人间的眼泪”。

可在踏上月桂岛的那一刹那，我几乎忘了擦干脸颊上的眼泪，它太美了！

月桂岛是2007年年底全新开发的，位于马尔代夫群岛最北的环礁上，开发程度不高，还保持着古朴的风格。

岛上有99座设计精美的度假别墅，拥有马尔代夫唯一的双层水上别墅，这也是当初我们选择它的原因。

想到“我们”两个字，就想起他的脸，我内心一阵抽搐。

可既然来了，怎么也得出去走走，我的双手在心里暗暗用劲儿，把自己推出房间。

月桂岛并不大，13公顷的面积，步行环岛大概需要1小时——对一个正常的人来说。但是作为一个刚刚失恋的人，我额外花了两个小时用来收集散漫的思绪，以及休息虚弱的心灵。

作为一个开发时间不长的岛，它还存在一些原始风情，有一段沙滩上堆着大片大片白色、灰色、黑色的被海水推上来的珊瑚。细细观察，有很多形态非常优美。一块比脸盆还要大的扇形珊瑚静静地躺在白色沙滩上，身上布满了蜂窝状的花纹，面容柔和，颜色典雅，散发着经过千万年海水磨砺过的、圆融成熟的光芒。

海水蕴藏着如此巨大的力量，能轻易卷上这么重、这么大的一块珊瑚？我望向阳光照射下的海面，海水轻盈柔美，反射着阳光，看上去波光粼粼，就像狡黠地挤着眼睛。它可以温柔地拥你在怀中嬉水，也可以毫不怜惜地把你抛向空中，再摔到岩石上。

这让我想起了我们的爱情，在阳光明媚、甜蜜温暖的背后，也同样蕴藏着搅动天地、翻云覆雨的巨大威力。

世界上没有永远平静的大海，那么，爱情呢？

夕阳西下，彩霞满天。

天空是一块任凭涂抹的大画布，上帝变身为一位大画家，蘸着太阳的余晖，画出一幅幅转瞬即逝、壮阔瑰丽的印象派作品。

一对夫妇正在海边拍摄婚纱照。两个人，一个三脚架。甜蜜地自拍。

看起来像是亚洲人，说的不是英语，估计来自泰国或者菲律宾。他们的样貌不是很年轻，三四十岁的样子，神态却好天真，像孩子一样地互相撒娇和追逐打闹。拍得高兴了，先生竟戴上头纱，太太换上西服，反串起来。

他们笑的时候，我也笑了。爱情真美好。爱情里的人永远纯真。此时此刻，他们的

幸福无与伦比。但是我相信，这一刻之前，未必是一马平川；这一刻之后，也不一定会一帆风顺。我们看到的别人，都是一个时间点，一个局部，不知道他们从哪里来，看过什么风景，也不知道他们会去向何方，有什么样的结局。但是我们还是会执着地把别人的这一刻，当作是他们的这一生，去羡慕，或者同情。

每个人心里都有一个小小的、稚嫩的孩子，眼睛大大的、皮肤嫩嫩的，他是内心最柔软最怕受伤的部分，也是每个人最真诚、最美好的东西。爱情，就是信任对方和对方带给你的世界，信任到勇敢地用自己心里的小孩子面对他，把最真挚、最柔软的东西给他。这意味着能得到直达心底的快乐，这也意味着他随时都会受到伤害。

只要有爱情在，一切都不怕。

我坐在旁边呆呆地看着，直到太阳完全落下，一片漆黑。

他们拉着手沿着沙滩往回走。我继续坐着，想象着大海会不会把我当成一块巨大的珊瑚，拖到海底，献给龙王或者海神波塞冬，大快朵颐。

月桂岛的跨年夜

月桂岛上并未遍种月桂。倒是有一种很特别的花，五瓣，鹅黄色，零落一地，有种静默的香，令人印象深刻。

于是踏沙而行。一路上繁花在风中轻扬，犹如在梦中。而当我站在落了一地的花瓣旁仰望时，头顶的树枝葱郁繁茂，却独有绿叶，不见繁花半枝。

有些纳闷，它们到底曾在何枝盛放，又究竟为谁而争妍呢?

这不知名的花，我且叫它“落花”吧。

后来我用了两天的时间，终于在一棵树的高枝上，发现了唯一一朵盛开的黄色“落花”，终于找到了这“落花”的出处。然而它们之间的缘分却如此短暂。想必是每天夜间开放，清晨凋落，所以永远不曾同时出现在世人眼中。

一夜夫妻而已!

我慨叹完了，回头，猛然间才想起，今晚是跨年夜。

月桂岛准备了庆祝 party，每位客人强制收费 100 美元。

是的，强制收费，必须参加。不然，我怎么有心情迎接这伤心的新一年。失恋、失业、失败、失态，这就是我在新年第一天即将面对的现实。我不知道，这有什么可庆祝。

为了防蚊子，我把飞机上发的长至膝盖的白粗线袜子套在黑色裤子外面，一副没精打采的“伪警察”形象，百无聊赖地坐在无边泳池的最边上，冷眼看着狂欢的人群。

酒店在泳池上立了两个牌子，用霓虹灯绕出可爱的字体，一个是亮着的“GOODBYE 2010”，一个是黑着的“WELCOME 2011”。在我心里，却只想把这两个词对调。

我愿意花任何代价留在 2010 年 11 月之前，不要前进，不要前进。但是，现在的我，却只能无力地瘫坐在椅子上，任凭无情的时间快车拖着我向前走，茫然地等着两个小时之后另外一块牌子上的霓虹灯亮起。

整个月桂岛上，只有两种人：开心的他们和不开心的我。

2010 年的最后一轮明月慢慢升起，透过视野开阔的无边泳池望向黑色的大海，中国人总是会想到同样的句子——“海上生明月，天涯共此时”。

谁与我共？

他在做什么？

和她在一起吗？

在搬东西吗？

他会难过吗？

他会开心吗？

……

这样的追问没有回答，却并非毫无结果——如果伤心算是结果的话。

酒店对跨年 party 的准备非常精心，有种类丰富的巨大的水果塔，有烤全鱼，有各式西餐甜点，有彩色的灯光，还有彩色的鸡尾酒……鸡尾酒，这是我现在唯一有胃口的东西。

如果没有它，我的 100 美元的晚餐费肯定白白打了水漂。

“Waiter，两杯长岛冰茶！”

……

四杯长岛冰茶下肚之后，我就失去了计算能力。恍惚中听到倒数，又仿佛看到“2011”的字样亮起。

就像有人出门在外会在贴身的衣服里藏一点儿钱防身，我每次在家之外的地方喝酒，都会保留最后一丝清醒，等着他接我回家。今天，即使没有他，这仅存的理智也够我走完餐厅到酒店的400米距离。

即使天堂蔚蓝无比

马尔代夫的海水很蓝，蓝得让我心疼。

马尔代夫的阳光很好，好得让我难过。

马尔代夫的花很美，美得让我流泪。

马尔代夫的寄居蟹和小蜥蜴很可爱，可爱得让我心碎。

马尔代夫的海鸟叫得很清脆，清脆得让我绝望。

“行宫见月伤心色，夜雨闻铃肠断声。”

每一处美丽的景色，都是一个残酷的提示。景色越美，我就越难过，因为他不能和我一起分享。景色越美，我就越恨他，因为是他把我置于这种境地，在这样的美景中流泪，未免太过奢侈。

这是我曾最期待的“水清沙幼，椰林婆娑”。

这是全世界最棒的度假胜地之一。

这是一段没有任何工作压力的放松的梦想之旅，没有老板电话，没有电子邮件，没有市场策略，没有年底考评。

这是花费了我一个月工资的奢侈享受。

这是一个跨年的旅行。

可是，我不开心。

为什么？

马尔代夫是我一直以来的梦想，我甚至把它的美景照片贴在洗手间的镜子上，每天刷牙的时候向往一遍。

每次加班到凌晨一点饿着肚子在街头打不到车的时候，我就对自己说“到了马尔代夫就好了”；每次在北京的雾霾里捂着嘴咳嗽的时候，我就对自己说“到了马尔代夫就好了”；每次把戴了棉手套却依然冻得冰凉的手放在暖气上烤的时候，我也对自己说“到了马尔代夫就好了”……对于半个月前的我来说，“马尔代夫”四个字，具有神奇的力量，是开启欢乐大门的“芝麻开门”一样的魔咒，是全程咧嘴笑出32颗牙的人间天堂。

可是，我现在一点儿都不开心。

原来美景只能让开心的人更开心，却不能让不开心的人变开心。

原来对于不开心的人来说，即使是“马尔代夫”也无能为力。

原来让人开心的因素，不是景色怡人的外部环境，而是我小小身体里面的“内环境”。

“旅行是最劳顿，最麻烦，叫人本相毕现的时候。经过长期苦旅而彼此不讨厌的人，才可以做朋友。结婚以后的蜜月旅行是次序颠倒的，应该先共同旅行一个月，一个月舟车仆仆以后，双方还没有彼此看破、彼此厌恶，还没有吵嘴翻脸，还要维持原来的婚约，这种夫妇保证不会离婚。”钱钟书的这段话，在我们决定先度蜜月，后结婚时，常被当作玩笑。事实上真正的原因，是我们想在相识纪念日登记，而既然之前还有半年的时间，

不如先度蜜月。

没想到，一语成谶。还没有经过那些劳顿、麻烦和苦旅，他已然背弃婚约。

离开一个地方之后，回头看，旅行中的风景往往随着时间都变得不再清晰，但是总有最动人的一个情景，让时间在那一刻凝固。也许是最普通的景色，也许是最朴素的感情，但是，那一瞬间的心情清晰得让人每次回忆，都仿佛置身其中。

对于我来说，我的“马尔代夫一刻”，就是捡起一朵“落花”，把它捧在手心里细细端详的那一段芬芳时光。

离岛的时候，我给他寄了一张明信片。这是我们一直以来的习惯，以前每次分别旅行，都会给对方寄去写满甜言蜜语的明信片以表达思念。在月桂岛的纪念品商店，我精心挑选了一张，图案是一条孤零零的白色小船漂在湛蓝的海水上，水底是小船的投影。希望他明白，现在的我就像那条失去方向的船，即使在清澈的水中也会心存暗影。

我用力握着笔，写在上面的每一个字，都带着虔诚的祈祷，希望那些跨越千山万水之后疲惫却依然炽热的文字，能融化他心中的坚冰。

亲爱的Z：

赤道的阳光刺眼却照不进我的心。没有你的陪伴，一切景色都不再有意义。

我们别闹了，罗密欧失去了朱丽叶，就好像亚当失去了夏娃。我不喜欢你这个玩笑。我们和好吧！

爱你的M

土耳其 | 美到忧伤

再一次坐在黄绿相间的北京出租车上，走着依然拥挤的路，听着熟悉的京腔，有种很亲切的感觉。我忽然想也许北京的一切其实都没有改变。就像这车、这路、这话，也许那个人也没有变。心里没来由地存了侥幸。

10天没开手机。因为不想听到他的消息，不想听到任何会让我更难过的消息。只是用岛上的付费长途电话给家里报了平安。

没法解释，只能沉默。

我坐在汽车副驾驶座位上，深深吸了一口气，按下开机键，紧张得浑身发抖。

短信息提示音此起彼伏地响起来，短促又重复的声音，像暴雨敲击着玻璃，每一下都打在我心上。我知道其中的某一声后面，隐藏着结局。

一共54条信息。这54条信息里的某几句话，会决定我下一秒会哭还是笑。

只有两条信息是他发给我的。

一条是“你玩得还好吗？注意安全”。

一条是“亲爱的，我搬走了，你自己好好的”。

完败。

我就像被告知患有绝症的病人。浑身没有一点儿力气，心里是被掏空的感觉。不是痛，是慌。失明一样的慌，不知所措。

摸索着回到家，抖着摸钥匙，抖着开房门。

一进屋，就发现事情有变：所有他的东西都没有了。

空落落的房间像一只黑洞，悄无声息地吞噬着一切……

我随着箱子一起扑倒在地上，号啕大哭。

而我写的那张明信片，过几天就会无聊地躺在信箱里，等着再次见到把它寄出的那个尴尬的熟人。

第二天一早，我再次坐在电脑前，寻找便宜的机票。

地点不是问题，钱不是问题，一个人也不是问题。只要能解决我的问题，一切都不是问题。

于是，我上路了。

被回忆追着，只能不断地跑。

伊斯坦布尔的赞礼

“美景之美，美在忧伤。”

帕慕克在《伊斯坦布尔：一座城市的记忆》的卷首语引用了作家阿麦特·拉西姆的诗句。自从知道了这句话，我就像他乡遇知音一样，觉得我和这个城市有了某种默契，带着行李和比行李还重的忧伤，准备扑倒在这个美到忧伤的城市，我的忧伤也仿佛能增加一丝美感。

所有令人感动的美，美到极致时，都会像绕梁余音般留下一缕隐隐的忧伤。而所有绵长暧昧的忧伤之后，也有朦胧的美感升起，仿佛是这潮湿的忧伤在太阳下蒸腾出的氤氲雾气。

最美的东西，通常是忧伤的；最美的东西，通常是短暂的；最美的东西，通常是已经消失的。而忧伤，正是带着伤在缅怀那些短暂的、已经消失的东西……

当马蹄纷乱、旌旗摇荡，财富和权力像传说一样四溢的奥斯曼帝国成为眼前这个在夕阳下柔和平静的土耳其的时候，所有的荡气回肠都凝结为书页中波澜不惊的文字。翻开书带来光荣与梦想，合上书岁月静好。

对于一个经历过世事沧桑的绝世美女，年轻时所有的伤害，最终会成为优雅的光晕，成为皱纹上一抹动人的神采。

土耳其是一个有故事的地方，曾经受的伤害都成为动人的美，附着在那些朴素的建筑和街道上，散发着沉默的魅力。

从伊斯坦布尔著名的圣索菲亚大教堂出来时，天已经快黑了。太阳的余晖像暮年老人，斜在教堂门口的空地上。

远处突然传来一声悠长高亢的“唱礼”，这是祷告的声音。一句将尽未尽，另一句又跃然而起，层层起伏，绵绵不绝。这声音回荡在整个城市的上空，游丝一样袅袅缭绕。

我在寺院和圣索菲亚大教堂之间的广场上，找了个长椅坐下。

广场上，有的游客继续谈笑；有的凝神静听，希望得到某种神谕；也有信徒匍匐在地上，虔诚行礼。

我面前飞来几只灰色的鸽子，嘴里咕咕地念叨着，好奇地歪着头看我。

我问自己，我究竟为什么在这里。一个人，在一个陌生的城市，用我的忧伤去呼应这个城市的忧伤。

坐在这里的，本该是两个人，幸福的两个人。

我不明白为什么变成了我一个人，面对未知的茫茫旅程。

以前的我，胆小到连一个人睡觉都不敢，可是现在，我要做的，却比这多得多。

我很害怕。因为旅行中可能会遇到很多事情。比如恐怖分子的暴力伤害，比如花花公子的感情欺骗，比如迷路导致露宿，比如失窃导致破财……巨大的恐惧让我缩在椅子上，想立即买当天的机票回去。

太阳快落山了，碧蓝的天空中云彩轻描淡写得像一层轻纱，遮不住背后透出的金光。轻纱随着风快速地翻卷着，不断地变换形态。

《约翰·克利斯朵夫》中的主人公小时候用指挥棒指挥天上的云，命令云向东，但是云没有听从他的指令，反而向西了。小约翰·克利斯朵夫识相地转而命令云向西，显然这一次，云服从了。

于是，云的走向和小约翰·克利斯朵夫的指挥一致了。

顺应时势，也许是更省力的做法。

我忽然意识到，让我害怕的那些旅途中的事虽然都有可能发生，但是每件事的相反一面，其实也都有可能让我遇到。比如本地人的热情款待，比如浪漫的一见钟情，比如顺利地找到便宜的食宿之地，比如意料之外的惊喜……

是的，让我害怕的不是独自旅行本身，而是未知。未知中包含着巨大的想象，它比已经发生的困难还可怕。可是既然头脑是我自己控制的，为什么只想那些凄惨的可能性呢？

既然我不得不在失恋又失业的时候独自旅行，为什么不享受这个过程，并且去期待一些美好的事情发生在我身上呢？

据说，人的嘴巴和头脑是不能同时工作的。嘴巴在说话的时候，大脑通常在休息。那么，一个人旅行是个好机会，让大脑充分地工作，想想我为什么会走到这个地方，再想想接下来我要到哪里。

华灯初上，街道上的行人络绎不绝。世界上最远的距离并不是北京到伊斯坦布尔的7000千米，而是我和与我擦肩的人们。他们能得到更多心有所依的快乐吗？他们能更少受到欺骗和金钱的困扰吗？我们呢？我们得到了更多超然无忌的快乐吗，还是更多选择、更多可能却带来更多困扰？

爱，是一种信仰

独在异乡为异客，不由得想起了自己家乡的主流信仰。

佛是众生，众生是佛。

盲目而虔诚地依赖别人，总是难免受伤或者失望。

“命运不在别人手中，命运不在神手中，命运在自己手中。努力学习知识就可以变得更好。”佛祖告诉我们的这个观点，实在值得庆祝。

对于无神论的我来说，爱情就是一种信仰。

“爱之于我，不是肌肤之亲，不是一蔬一饭，它是一种不死的欲望，是疲惫生活中的英雄梦想。”杜拉斯的这句掷地有声的呐喊，使得我更加笃定爱情和她的面容一样，可以拥有一种苍茫持久的美。

爱情，不是动物之间只为满足原始的欲望，也不是只为了生活而寻求的伴侣，而是一种能够超越生死的，从心底迸发的力量。

这力量，使人仰天大笑，使人俯身扼腕。

这力量，是不依附于任何人而存在的，同与生俱来的生命一样坚韧。

爱情没有消失，爱情不会消失。爱情是涌动于心的不灭激情。

爱情不会依附于任何人而存在。

爱情是一种生活方式。

爱情不是他。

爱情是我自己。

爱是活着的证明。

我看到了灰色的忧伤中永恒的美。

悠长的“唱礼”声结束，天黑透了。

我站在圣索菲亚大教堂门口。

我站在曾经被罗马帝国和奥斯曼帝国侵占吞吐的伊斯坦布尔市中心。

我站在徘徊在亚、欧两块大陆之间的土耳其。

我站在东西文明交汇的土地上。

我在所有的对立中找到了统一，在冲撞中发现了融合。正如旋涡的中心是最稳定的一点一样，一颗坚定的心，是应对日升月落、四季轮回的永恒力量。

太阳的余晖中，坐在圣索菲亚大教堂门口的路边听着唱礼的时光，是我厚重又浓郁的“伊斯坦布尔一刻”。

亲爱的Z：

你的离开，并不是爱情的结束。

爱在心中永存。

爱是你对我说过的情话，爱是我们一起看过的美景，爱是冬天你端给我的热汤，爱是我们曾经分享的所有感动，每一分每一秒。

谢谢你让我如此尽兴地爱过。谢谢你陪我走过的每一步。

在心里，有些东西从来不曾改变。

有些东西，也许早就应该改变。

爱你的M

咖啡里的寓言

土耳其咖啡能算命，这个我早就听说过。但当时觉得用咖啡渣来判断自己的命运，不仅是神秘，简直——愚昧。《周易》的八卦还算是有据可依的，但咖啡渣算什么？

人在无助的时候，总是会求助鬼神。在没人能告诉我未来的时候，我愿意相信一切神秘力量。况且，所有的“算命”，都不过是老天借别人的口给我一些建议罢了。既然如此，通过几枚铜钱，跟通过咖啡渣子，又有什么区别呢？

于是，当我在繁华的Taksim老商业街，看到远远的有一家挂着“土耳其咖啡，占卜”招牌的咖啡馆时，就径直绕过妖冶的吉卜赛卖花女郎和让人想起“一千零一夜”的华丽的水烟馆，推开那扇油腻腻的老旧黑木大门。

房子在背阴的那面，所以有点儿暗。陈设布局并无特色，深棕色的实木桌子，白瓷咖啡杯，一切看起来不仅有点儿旧，还有点儿破。有两三桌当地客人，昏昏欲睡地聊着什么。我正犹豫着要不要换一家，胖胖的阿姨已经从吧台走过来向我微笑了。她的气场让我相信，她一定不是女招待，而是店主。

一切魔法故事好像都有个最平实的开头。在她的带领下，我来到窗边的位置坐下。

“一杯土耳其咖啡。”

她应了，然后就走了，没问我要不要蛋糕，也没问我要不要尝尝新出的派，这真好。

关于土耳其咖啡的传说非常多，最有说服力的是一个事实：1554 年，世界上第一家咖啡馆在伊斯坦布尔，不，君士坦丁堡建成。咖啡自此成为土耳其人生活中的有灵魂的饮料。

不知道只有土耳其人相信咖啡能预言命运，还是只有土耳其咖啡不经过过滤，所以留有能预言命运的咖啡渣，反正世界各地都在喝咖啡，但是具有这个神奇功能的咖啡，只在土耳其有。

我来之前是做了功课的，知道杯底的咖啡渣大概分几种形状：最好的是满月形，象征万事顺意；半月形表示比较顺利；三月形和新月形，代表越来越不顺……

我在心里默念着“满月形，满月形”的时候，和蔼的土耳其大妈带着神秘的微笑端上来一杯咖啡，杯子很小，咖啡都加了小豆蔻，所以有股特别的香气。

土耳其咖啡的做法非常原始，但却很经典。我用牙齿之间的缝隙当过滤器，避免太多的咖啡渣进到嘴里。第一口忘记味道了，第二口再品品，边吐渣子边喝，五六口就喝完了。

我仰脖喝完最后一滴咖啡，按照网上介绍的方法，小心翼翼地把咖啡杯倒扣在托盘上，等着它变凉。心里一直对着这些深褐色的粉末许愿，希望它能给我一些找回男友或者找到爱情的建议。

等了大概一分钟，我觉得应该差不多了，实在难耐好奇，准备动手揭开杯子。

“再等一下。”一个低沉的女声传来。

我停下手，抬头看她。

一个三十岁左右的姑娘在我对面的空位坐下，“现在还不够凉，再等一会儿，我来帮你看。”

棕色皮肤，长鬈发，拖地长裙，标准的吉卜赛女巫打扮。但是她的身材很娇小，年龄也不够大，而且脚底下是一双——匡威运动鞋！嗯？女巫不是应该光脚的吗？草鞋也算符合标准，可是运动鞋？道具出错了呀！

无论如何，我还是乖乖地听从她的指令，茫然地看着她，放下手。

“所以，你来，是因为男人？”她说话的时候面无表情，好像我曾经跟她预约过。

“呃，是的。”我本能地把身体往回缩了缩，虽然我知道这无济于事，但还是想拉开一些距离，保持安全感。

“所以，你的男人有了新的女人？”

“嗯，是这样，我和男朋友分手了，因为……”我正要开始倒苦水，她制止了我，“让我们一起来看看，它会告诉我们一切。”

“要收费吗？”我在她拿起杯子之前，及时问了一个问题。

“你认为你的未来值多少钱？”她看了我一眼，继续拿起杯子。

我不知道这句话的意思到底是免费，还是很贵，但是谜底就要揭开了，我顾不得许多，凑上去看杯底。

杯底一塌糊涂，什么都看不出。没有满月，没有半月，没有三月，连新月都没有，我失望地缩回脖子。然后继续满怀希望地看着她的脸。

她看看杯子，又看看托盘里面混合着咖啡和渣子的咖啡泥，又盯着我的脸看了一会儿。

“恭喜你，这是件好事。”她说话的时候还是面无表情。

“什么事？我男人离开我？”

“是的。”

“可是我们本来要结婚了，我因为他还丢了工作……”我似怨妇附体。

她突然笑了，笑得有点儿无奈：“以后你会为这件事庆幸。”

我闭嘴了，但愿如此，谁知道呢！

“你不够爱自己，你必须要爱自己。”她凝视着盘子里的咖啡泥，漫不经心地继续说。

“爱自己”这件事，我听过太多次了。爱自己，才能真正爱别人。爱自己，才值得别人爱。这些道理我知道，可是什么叫爱自己？怎么爱自己？我就是很爱他怎么办？这些问题，都不是“爱自己”这三个字能解释的。

“我知道，可是我觉得我爱他胜过爱自己。”

“亲爱的，爱自己就是让自己快乐。”她抬起头，认真地看着我的眼睛，很严肃，但是不再是面无表情了，“如果你不爱自己，你的心会很难过，它会死掉。心死掉了，你会不快乐，你不快乐的能量会辐射给周围的人。你的世界的频率都是不快乐的，于是你周围的人都变成不快乐的人，他们都会离开你。”

是的，没有人不喜欢快乐，没有人喜欢不快乐的人。这个道理就是这么简单，原来我所有委屈自己让对方快乐的举动，并不会让他真的快乐，因为我的不快乐会传染给别人，就像我的快乐也会影响到别人。

“你从中国来，你的姓是一种动物，你的生日在四月。”我正在脑子里快速地把这些话翻译成中文，并暗自吃惊。她已经翩然站起来，准备走了，仿佛只是让我验证一下她的神奇。

我拦住她，问她能不能拍照。她说不，拍照会丢魂的。

于是留下我一个人，丢魂儿似的在座位上回味着她说的话。

离开咖啡馆的时候，我看到她在另外一桌给客人占卜的背影。原来我进来的时候她就在，只是我没注意。我问了老板娘，20新里拉（约相当于60元人民币）一杯咖啡的价格已经包括了占卜。

亲爱的Z:

我们的分开，也许真的是一件值得恭喜的事。

不过，那是对你们而言。

我不知道，我爱你胜过爱自己，是不是真的让你不快乐了。

但是你，真的让我伤心了。

如果爱你也是错，那这世界上还有什么是对的?

爱你的M

Part Ⅲ >>>

拉斯维加斯 | 人生就是一场赌博

55 美金的幸福

在酒店二层的婚礼堂，我和一对刚刚结婚的夫妇擦肩而过。

看似墨西哥裔的夫妇俩，女的穿着 T 恤和牛仔短裤，估计是没来得及准备婚纱，但是头上一条简单的头纱，宣告了他们甜蜜的秘密。

他们微笑地对视着，满眼爱意，几乎是靠感觉而不是视觉向前走的。眼看就要撞上我了。我连忙跳开，心里的惊慌不知道是因为即将发生的身体碰撞，还是他们幸福的模样。

美国内华达州的拉斯维加斯，引以为傲的“事业”有两个，一个是赌博，一个是结婚。这里每年会发放 20 万张结婚登记书。没有流程，不用身份证明，日夜不休，随时随地——只要你有 55 美金。

在赌场投入的每一个筹码，都可能令你倾家荡产，或者一夜暴富。而每对夫妇领到一纸婚书之后，会面对的结局，有可能是白头偕老，也有可能是转眼分道扬镳。所以其实婚姻也是一场赌博，筹码是金钱买不到的爱情、时间和希望。这一场豪赌发生在拉斯维加斯，实在是实至名归，相得益彰。

既然是赌博，总有输赢。

在拉斯维加斯如同领取汽车外卖快餐一样在登记处登记结婚的人里，输的还真不少。比如“小甜甜”布兰妮·斯皮尔斯与孩童时的朋友贾森·亚历山大闹剧一样仅持续了55个小时的婚姻，还有比利·鲍伯·松顿和安吉丽娜·朱丽歃血为盟文身做誓，也难逃清洗文身的结局……

是因为太容易得到的东西通常不长久吗？可是历经九九八十一难千辛万苦最后修成正果的也只是传说中的“四个和尚”。

空气里都是物质的味道

拉斯维加斯所在的美国内华达州并不是生就一张“风水宝地”的面孔，这里是被荒凉的沙漠和戈壁包围的山谷。雨量很少，夏季炎热，时有洪水，冬季寒冷多风沙，几乎寸草不生。从这荒凉摇身一变成为纸醉金迷的世界娱乐之都，拉斯维加斯只用了不到二十年。能令这一奇迹发生的魔术师，是“赌博”。

1931年，为了挽救当地经济，内华达州宣布赌博合法化。此令一出，几乎在一夜之间，拉斯维加斯的赌场如雨后春笋般破土而出。世界上十家最大的度假旅馆就有九家在这里，以赌博业为中心的庞大的旅游、购物、色情、度假产业兴盛发达。一座灯火辉煌的不夜城照亮内华达州广袤的沙漠，茫茫戈壁顷刻变成了漫漫金沙。

拉斯维加斯真是一个“五毒俱全”的城市，每一个角落都在最大限度地刺激人类放纵自己的原始欲望。后天教育所得到的一切修养在这里就像晴天的雨伞，只能起到装饰作用。

街头随处可见的小广告和北京某些天桥上一样多，只是内容多是半裸姑娘的照片和电话。还附有几句“服务周到，欢迎惠顾”之类热情洋溢的待客宣言。

赌场和色情表演的巨幅广告华美而精致，擦身而过的街头公共汽车上，印有“上新货了，速来尝鲜”这样的色情会所的广告，广告上的“丰乳肥臀”跟着汽车招摇过市，理所应当得仿佛必胜客的新季菜单。

赌场通常在酒店的一层，这里的酒店大堂和其他城市不同——找不到一个钟表。所以客人们在赌场里可以日夜颠倒彻夜狂欢。对于筹码的循环往复来说，时间根本没有意义。

赌场空调都设有充氧机，氧气比户外高60%，让人不知疲倦，大脑充血。在楼上的酒店房间里，怪异的香味令人莫名兴奋急躁，也许那是通过通风口吹向各个房间的兴奋剂所致，邀请你的钱包和你一起快快从床上爬起，穿好衣服来到楼下赌场。

酒店对赌场的大客户通常有住宿赠送，可是因为彻夜忙碌，那些豪华套间总是夜夜“独守空房”。

我走在STRIP街上，欣赏着形形色色的各式主题酒店。几乎所有的世界著名建筑都能在这里找到缩小版。酒店设计者们毫不吝啬地把各种晶莹反光的材质堆在这条街上，水晶、琉璃、LED屏幕、玻璃幕墙，再加上壮观的贝拉奇奥喷泉，所有一切都反射着来自赌场的筹码的光，整个城市被金色笼罩。这耀眼的光芒，让我觉得极不真实……

拉斯维加斯不适合失恋的人，因为这些光怪陆离和纸醉金迷提醒着我身边无人分享的缺失。

拉斯维加斯很适合失恋的人，因为这些光怪陆离和纸醉金迷令我目不暇接，随时沉浸在惊叹中。

外部的刺激足够大，内心的伤口便识趣地闭嘴了。

穿过整条STRIP街，最北端就是我入住的金银岛酒店。这家赌场酒店的特色是依小说《金银岛》设计的狂野海盗风格。我回去的时候，正赶上每天下午的海盗表演。长约二十分钟，声光电效果齐发，海水和火焰助兴，演员性感又投入。我看了十分钟，钻出摩肩接踵的观众群，进入酒店大堂。

一层赌场的赌博机器花样百出，没精打采的老奶奶执着地守着一台吃角子老虎机，玩一次只需要几美元，她显然已经在这里待了很久的时间。面红耳赤的暴发户豪爽地把一摞价值几万的筹码推到赌桌上，却焦躁不安地等着发牌，估计是急于扳回一局。

刚刚“情场失意”的我，并不奢望“赌场得意”。我穿过气息迷幻的一层赌场，想去酒吧来一杯“玛格丽特”。

邂逅“陈道明”？

“玛格丽特”是一款获奖的鸡尾酒的名字，调酒者用自己女朋友的名字命名这款酒，是为了纪念她的过世。

我是一个对浪漫传说没有抵抗力的人，所以以前每次和男朋友去酒吧，常点这款酒。虽然配方相同，但是各个地区调配的“玛格丽特”味道并不十分一样。听说拉斯维加斯的“玛格丽特”很著名，所以当初我们约好来此一试。

这个时间酒吧里的客人很少，然而我在点“玛格丽特”的时候遇到了麻烦，Waiter执意要看我的护照。

虽然是“五毒俱全”的城市，可是拉斯维加斯的治安水平在美国，乃至全世界都是名列前茅的。因为这个地方集结着世界上最多的财富，以及拥有这些财富的人。这里安全到能够保证任何人带着任何数目的现金顺利地离开。对于中了头奖的人，如果需要，可以由两名警察将其全程护送到在美国任何地方的家中。

同样，为了安全考虑，拉斯维加斯严格执行年龄在21岁以上才可以饮酒的规定。Waiter要看护照是想证明我的年龄。

以三十多岁的“高龄”，被质疑是否有饮酒的资格，我对表情严肃的Waiter心怀感谢。这个城市在我眼里顿时变得更加友好了。

但是，我也并不打算配合他回房间取护照，因为那要经过漫长的赌场，而且我已经很累了。

我脸上堆上发自内心的笑容，试图跟他解释我的确已经“而立”很久了，简直就要“不惑”了。I'm far away from 21，but I'm forever 21……

“把酒卖给她吧，我是她的朋友，给你看我的护照。”

一本紫红色的护照递过来，紫红色？好亲切的颜色。我顺着手臂往上看，是一张饱经沧桑的中国脸。四十岁的样子，有点儿黑，有点儿瘦，有点儿皱纹，有点儿忧郁，有点像陈道明。

“陈道明大叔”又跟Waiter快速说了些什么，总之，五分钟后，一杯混合着冰块和薄荷叶，杯口有一圈盐的“玛格丽特”被放在我眼前。

“中国来的？过来一起坐！”“陈道明”招呼我。

“是啊，北京来的。”我坐在他对面，说起好久没说的中文，觉得好亲切，“你怎么知道？”

“我听到 Waiter 跟你要护照的时候，你说了一句‘我去！’。”

“啊？我自己完全没意识到啊！”我努力回忆着。

“怎么一个人？”“陈道明”顺手点着手里的烟。

我心里一紧，痛的部队加速袭来，我没等它们近前，便“砰”地关上了大门。再冲大叔做一个灿烂的笑脸，算是给这大门加上门栓。

“是啊，一个人自由啊！”

“哎哟，好勇敢啊！”“陈道明”脑袋一歪，笑着赞扬。

我不置可否地笑笑，抿了一口酒。

酒的咸味 mix（混合）心里的苦味，也算鸡尾酒的一种……

“陈道明”来美国 5 年，在拉斯维加斯待了 4 年，从后厨做起，现在已经在城郊拥有了一家自己的中餐馆。

说起赌场的传奇故事，他滔滔不绝。

普通人几十年的跌宕在这里浓缩，从极乐巅峰到悲惨谷底只需一个晚上，当然，也许顺序颠倒。在这里，富商不足为奇，你身边衣着普通的陌生人，可能是欧洲军火商或者东欧某国的王子。有人一天输掉几个亿不动声色，有人赢了几万美元没来得及换现金就冲出赌场被路过的车撞飞，筹码散落一地……有人豪赌赚钱之后当场和赌场里一位刚认识的跳舞小姐结婚，并且包下套间继续赌博，一周之后倾家荡产，只有原配妻子开车来接他回家……

我目瞪口呆地听着这些“价值连城”的故事，感叹金钱令人痴狂的巨大力量。究竟是财为人生，还是人为财死呢？在穷人眼里象征幸福的财富，对有些人来说却如同诅咒。我是个穷人，这也许是“宇宙”给我的一个祝福，毕竟，能坐在下午的阳光下边喝“玛格丽特”边听这些故事的，是我，而不是那些曾经有钱的人。当然，也许“陈道明”有酸葡萄心理，专挑结局悲惨的故事给我讲。

“其实赌博跟做生意的道理一样，敢输的人才能赢。”大叔颇有心得地传授着赌经。

我虽然输了，但是我勇敢过。

我虽然勇敢，但是还不是输到一个人坐在陌生的城市听陌生人聊赌经的莫名其妙的境地?

我像一个患得患失的赌徒，心里面左右互搏的斗争正酣。

爱是枷锁吗?

“走，我带你去街上转转。”大叔端起他面前的“马天尼”一饮而尽。

我们走出金银岛酒店，一路向南，大叔如数家珍地介绍起鳞次栉比的著名豪华酒店:

拍过《十一罗汉》的贝拉奇奥酒店以每晚的音乐喷泉著名；某明星的岳父做总裁的凯撒宫酒店，也是电影《飞行者》原型霍华德·休斯晚年隐居的酒店，他甚至偏执得把自己的尿都要藏在烧杯里储存；下有人造河流穿过，上有以假乱真的人造天空的威尼斯人酒店是最豪华的酒店，电影明星和政要入住最多；埃及金字塔风格的卢克索酒店的壁画是按照法老坟墓原样还原的……不管是八卦、传言，还是实情，我听了个眼花缭乱、心满意足。

大叔主动帮我在每个建筑物前拍照留念，热情得让我受宠若惊。

并肩走在路上，阳光照在身上暖洋洋的，陌生人初次见面的尴尬在慢慢融化。因为不用面对面地用目光交流，聊起天来反而更加自然。“陈道明”对我这个他乡小故知掏起了心窝子。

他今年 40 岁，当初来美国是为了逃离一段不开心的婚姻。在中国某个小城市里，还有一个 18 岁的女儿和一位形同陌路的老婆。他老婆执意认为他当初是为了新欢来的美国，所以不肯离婚，不能“成全你们这对狗男女”。他老婆说如果他单方面离婚就对女儿不利，并且要求他每月往家里寄数目可观的赡养费。想到心爱的女儿，他答应了。

“老婆在老家有别人吗？”

他说应该没有。“她说当初是因为爱情跟我结婚的，结了婚就不会离。她坚持说她爱我，她一直在等我回去。我也心软，虽然不想再回去，但是也不忍心离婚。”

大叔在美国有过两次机会，一次是单亲妈妈，中国人，一次是菲律宾的女招待。但是对方听说他在中国有老婆并且没有离婚之后，就分手了。

“你老婆还是爱你的，也许还有机会。”我牢记“宁拆十座庙不毁一桩婚”的教导，劝和不劝离。

“那哪里是爱啊！简直憋死我了！”大叔历数他们相处中的不愉快，我脑海中他老婆的样子有点儿像《过把瘾》里偏执的杜梅。“她说如果离婚她就跳楼。事实上，她已经自杀过一次了，连她妈也一起住院。我再也不敢提了，只能躲着。”

“可是，一个人在这里，寂寞啊！真的很寂寞。”大叔目视前方，眼睛里几乎要迸出泪来。

“至少你有一间自己的店了，以后可以把女儿接来啊！”

大叔眼里的孤寂触动了我，我心里薄薄的门板被千军万马撞击着，快要撑不住了。我努力安慰他，逗他开心，其实也是在安抚自己。

“你想留下来吗？留在这里其实很容易，过一阵找个有绿卡的嫁掉就行。假结婚也并不难。”大叔眼睛一亮，忽然转头问我。

“我？啊？不，谢谢！”

“我们餐馆就在招服务员，你可以先去干着。你收拾收拾明天就可以开工。”

“不用了，我要回去的。”

“陈道明”惋惜地看着我，还在努力，“你今年多大了？应该比我女儿大不了几岁吧？我真是想她啊。”

我使劲儿点了点头。还是让他把我当女儿比较安全，如果让他知道我的真实年龄和他相差无几，难免多事。

“是啊，我得回去上学呢。”我撒了一个自己都觉得脸红的谎，但至少能帮我解现在的围。

大叔显然很遗憾，我们默然地往前走了一段，我急于告别。

“我有点儿累了，先回去了。”

“噢，走啦？有事情就随时找我啊！”

我说着“好啊好啊”，可是并没有跟他要电话。

大叔失落地站在街头，我向他挥了挥手，一闪身进入旁边的威尼斯人酒店。酒店里的人造河碧波荡漾。“刚朵拉”上，一个小伙子一边摇船，一边应景地唱起意大利歌曲。

我坐在河边的椅子上，后悔自己走得太匆忙，没有好好地感谢他陪我这么久，给我讲了很多故事，也没有跟他一起合一张影留作纪念。虽然没有照片，但是大叔眼里孤寂的光一直照在我心上。

我匆忙地走了之后，大叔一定会更觉得寂寞吧？

谁让他执意让我留下，吓得我想逃。

其实他是好人，他只是很寂寞。

其实并非没有人关心他，他老婆是在乎他的。

“那哪里是爱啊！简直憋死我了！”我想起大叔的话。

婚姻不是应该像港湾吗？怎么变成了枷锁？

港湾如果一旦进去就无法离开，就叫作枷锁。而港湾存在的意义，在于能让人放心地扬帆，安心地回航。

可是，感情也罢，婚姻也罢，都是应该负责任的，不是吗？

我的内心又开始左右互搏了。

但是责任是为了让人变得更好，不是为了令人窒息的。

事实上，每个人的生命只有宝贵的一次，没有人有剥夺对方希望尝试更好生活的权力，而且这同时也剥夺了自己的。

作为一个枷锁，最大的代价，就是要跟对方绑在一起，同时失去自由。

“那哪里是爱啊！简直憋死我了！”

这句话，我听过。是前男友跟我吵架时说的。

那时候我不知道，爱还能成为枷锁。

“放了他，就是放了你自己。”

这句话，是朋友跟我说的。

那时候我不知道，原来不给对方自由的代价是自己的不自由。那时候我觉得自由对我没有用，一切对我都没有用，我只想要他。

离开他，我真的还能有其他选择吗？我对着想象中的迷茫前程无力地摇了摇头。迎面走来的金发美女疑惑地看着我，刚要开口，我对她回报一个苦笑，赶快收回眼神。

“玛格丽特”端上来，和大叔一起开心地用中文温暖聊天的下午时光，是我的拉斯维加斯一刻。

所以我决定还是继续寄明信片给 Z，让他记着我的存在。让他在某个落雨的黄昏或者晴朗的夜晚能想到我。我不想听他说话，可是我却很想对他说。我有很多话要说，一直说。

问到他的新地址并不难，因为我们有很多共同的朋友。听到电话那头，朋友又关切又惋惜的语气，我借口漫游费很贵挂了电话。能够避免逐一亲自面对朋友们的询问，也是我想逃出来的原因。

亲爱的 Z：

拉斯维加斯像天堂，又像是地狱。

就像我们的感情。

爱本身是好的，错的是我们爱的方式。

是我不对，是我给你压力了。

我们再试一次吧！

爱你的 M

Part Ⅳ >>>

济州岛 | 一切都是最好的安排

我变勇敢了

一到浦东机场，就听说有台风。

不知道坐船去济州岛的计划会不会被台风吹跑。

想去济州岛，是为了那里的泰迪熊博物馆。我想要一只泰迪熊。

上海的COSTA码头人心惶惶，据说有的乘客已经嚷着退票了。我拿着一本《凡·高自传》，默默地低头看，能怎样呢？失望，或者失事？

都无所谓啊。

自从他搬出去后，我居然变勇敢了。

以前从来不敢一个人住，怕坏人，怕鬼，现在什么都不怕了。来什么都好，来了就聊聊，反正我正寂寞，想找人大哭一场。我猜我那副“来日不多”的样子，能把所有的入侵者传染上抑郁症，让他失去生活的激情，跟我一起号啕大哭。

吃亏不怕，失败不怕，意外也不怕。反正我已经丢了大钻戒，周围那些散碎的装饰，少几颗又有什么所谓呢？对人生，我没什么可留恋的。我不会寻死，但失去希望的生活，生不如死。

大家还是陆续登船了。听船长说，好像第一拨台风已经过去，第二拨还没有来。我们要抓紧这短暂的平静迅速驶过风暴的中心，尽量避免和它狭路相逢。

这艘船很有趣，船舱都用艺术家的名字命名。有凡·高，有高更，有……而我住的这层，正好就叫凡·高，跟我手里拿的书如此呼应。这是安排好的吗？

我住在普通舱的标准间，和另外一个中国姑娘一间房。那姑娘操着欢快的上海腔跟我聊了几句，就被我头顶的乌云浇灭了热情，跑出去找她同在一层的朋友们去甲板上吹风了。此后她大部分时间都不在房间里。

透过小小的圆形舷窗，依稀能看见落日。没过一会儿，天就黑了。广播里用各种语言向大家介绍船上的设施和位置。餐厅、泳池、健身中心……我打定主意不出门，枕着波涛一觉睡到天亮，以抵挡已经隐约来袭的晕船症状。

船出发大约两小时之后开始颠簸，想必是跟台风捉迷藏的游戏玩得不够完美，终于还是被“裹入囊中”，此刻像躺在剧烈晃动的摇篮中。醒了，头晕，浑身不舒服，所有站起来的努力都敌不过剧烈的头晕。我蜷缩在床上，努力让自己跟上船的节奏。

Jack 船长

跟跄着跑去卫生间吐了两次之后，胃的空虚打败了头的纷乱，我决定还是去吃点儿东西。这需要穿过长长的走廊到船尾的餐厅。

在台风中的船上行走，如逆水行舟，不进则退。我终于逆流而上到了餐厅，把自己稳稳地放在一个角落的座位上，顿时有种马拉松到了终点的成就感。

餐厅里客人寥寥无几，估计大部分人都采取保存体力的策略。我要了一份海鲜意面和一杯红酒。希望番茄的酸味能止住胃中的不安和躁动。或者最好是灌醉自己，能蒙头大睡。

一定是为了呼应我的一脸苦相，这意面吃起来也有种苦味。我胡乱吃了几口， 为下次晕吐准备了一些素材之后，开始喝酒。独自举杯，一饮而尽，便又要了一杯。到第三杯的时候，端酒过来的人换了一个，他穿着我看不懂结构的咖啡色麻质衬衫，把酒放在桌上，然后在我对面的座位坐下。

他很瘦，带着《加勒比海盗》中 Jack 船长的神经质。

“在颠簸的时候，喝太多液体容易呕吐。”他提醒我。

“噢，谢谢！”

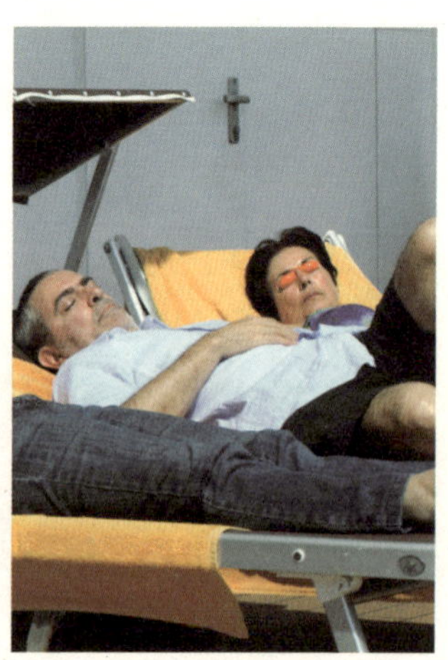

“抱歉，是不是因为它们今天晕船了，所以味道不够好？”他问，示意我面前那几乎没动过的意面。

“这么颠簸，他们做饭也不容易。”

“我们的厨师都像鱼，不可能晕船！我是说，它们。”他对着我的盘子扬了一下头。

看到我诧异的表情，他一脸认真地解释道：“我是说这些番茄、蘑菇、面条和贝壳。”他看了我一眼，又补充道：“当然，还有奶酪和盐。”

童话世界吗？拟人修辞？我看着他花白的头发。其实这个人算是轮廓清晰，高眉阔目，思维也很可爱。

“而且，显然你的坏心情影响到了它们，它们也变得沮丧了。”他做出一副沮丧的表情，仿佛那些番茄刚刚对他耳语过。

我一脸迷惑地看着他。这是个蹩脚的玩笑吗？

“你真的以为这里只有我们两个吗？”他环顾四周，露出神秘的笑容。

我看着远处两三个散落进餐的游客，盘算着自己是不是该走了。

“你不知道吗？我们每个人都有自己振动的频率，或高或低，或喜或忧，也许眼睛看不到，但是彼此是能感受到的。不但是我和你，还有这张桌子，这个盘子，这些番茄、蘑菇、面条、贝壳，还有花瓶里的鲜花，我们互相都能感知到的。”

……除了几个单词，我大概能听懂他说的句子，可是不明白他的意思。

“这就是为什么你跟有些人一见如故，有的人明明没得罪你，可是你就是不喜欢他的原因，因为频率不共振。

“在两个房间里摆放了同样的植物，一个房间里经常播放恐怖音乐，而另一个房间播放抒情音乐。结果呢，你猜？”

我没猜，我知道自己肯定猜不出来，所以安静地等着他给答案。

“听恐怖音乐的植物都被吓死了，而听抒情音乐的植物长得茂盛得很。这个实验重复了多次，结果都一样。科学家们还这么折磨过两棵葫芦，给一棵葫芦听摇滚乐，给另一棵听古典音乐。结果听摇滚乐的葫芦藤远远地偏离播放机，而听古典音乐的葫芦藤，却紧紧缠住了播放机。显然，这不是一棵前卫的葫芦。”

“这是，用你们的话来说——科学，”他耸耸肩，面露无奈，“如果你们对《圣经》和佛经说的都不信，对几千年来大家说的话都不信，一定要用几百年的科学证明的话，那么，这就是！”

“你以为，只有你的频率会影响它们吗？它们也会反过来影响你的。就像听恐怖音乐的植物会死掉一样，开心的食物会比不开心的食物健康，预知恐惧而被屠杀的动物会比安乐死的有更多毒素，被念了佛经的面包吃了让人更加平静。”

“佛经”和“面包”这两个词，很少出现在同一个句子里。

“你信佛吗？”我问他。

他耸肩，撇嘴：“阿弥陀佛，我不信佛。我信宇宙。”

“宇宙？”

“宇宙，老天，上帝，神，爸爸，造物主，随便你说什么。反正它是一张大网，把我们每个人都连起来。我们所有的念头或者举动都会影响周围的事物，当然，我们也会受别人的影响。”

“所以，亲爱的，你脑子里的东西很重要，你脑子里的东西影响着你脑子外面的事情。”

我抬头看了看，本能地在找那张无形的网。餐厅的正上方悬着一盏灯，正散发着淡淡的光芒，令人眩晕。

“看到你吃完它们这么不开心，这些番茄、蘑菇、贝壳和面条，都会很难过的！”他一边说一边像番茄、蘑菇、贝壳和面条附体一样，做出一副委屈状。

番茄难过不难过我不知道，可是我的确有点儿难过。

“这些番茄是我们昨天从上海买的，一颗番茄从种子到成熟，需要好几个月；这个蘑菇是我们在日本的时候进的货……这些可爱的面条来自于意大利……长成麦子，被磨成粉，做成面条，被装在精心设计的口袋里。而这些贝壳，被放入锅里的时候，可能刚刚和新婚的妻子吻别……”

他逐一指点着我面前那一盘没动过多少的意面，绘声绘色地解说着。就像赵忠祥在讲解《动物世界》，“这里还有美国的奶酪、胡椒粉和法国的盐。每一样都是经过精心培育、努力生长、多次人工和机器的加工，制成成品，包装，运输，背井离乡来到船上，再经过厨师认真的烹饪，才被端到你面前，它们牺牲自己的生命，齐心合力，只为了让你有一顿愉快的晚餐。所以，你至少应该跟这盘食物说声谢谢。”

这时他用我放在盘子上的叉子挑起一根做点缀用的绿色香菜，然后注视着那抹绿色说：“即使是这一棵小小的香菜，它同样经过播种，成长，收获，运输。它没有死于暴雨，没有被落在田里，没有被遗留在灶台上，它顺利地被放在这盘意面上，来到你的面前，这是它用生命换来的最闪亮的一次登台，它最幸福的去处是你的胃，但是现在却只能被丢进垃圾桶了。”

他好像是在讲述朋友的故事。表情认真又执着。我在头脑中随着他把每种植物从种子到上桌的过程快放了一遍，的确心生惋惜。

船颠得越来越厉害，我又想吐了。

我起身跟他道别，我说很高兴认识他，等风平浪静的时候，希望能再见到他。他说他叫Jack，又说在三层甲板上通常能找到他。

天哪，果然是Jack。Jack船长的Jack。

“亲爱的，你得开心点儿。开心能让伤口更快愈合，当然晕船也能得到缓解。”在我跌跌撞撞快要走到门口的时候，Jack冲我喊道，还好那时候没什么别的客人了。“这事儿可不是我说的，这是上帝的科学实验证明的。150对参加实验的夫妇可以作证，吵架的人伤口愈合慢。”

“开心！加油！”我冲Jack挥了一下胳膊。

想什么事能让我开心呢？我的思绪飘在空中没个安放处。忽然想到明天就可以去期待已久的泰迪熊博物馆了，我有点儿兴奋，于是整晚在泰迪熊们的谄媚下安静地睡着了，没有再吐。

第二天一早，大海风平浪静，仿佛对昨天的歇斯底里矢口否认。

早饭后，我趁着这不知能维持多久的平静上了甲板，在大海深处问候这个世界。

海水墨蓝，有一种神秘的吸引力。我紧紧握着栏杆，怕自己不可自控地飞身一跃。略带咸腥味的风贴着海面吹来，鼓荡着衣衫，长发随风飞扬，远远一望，我整个人好似在跳舞。我站在船头，趴在栏杆上，尽量探出身子。眼前大海空无，海水和风无声运行，天地间似乎独独留下我一个人。心中顿时生出“I'm the king of the world”的豪气，而胸腔里此刻也涨满了风，呼呼地像一面帆。于是我闭上眼，想象着泰坦尼克号上的 Rose 和 Jack 在船头乘风破浪，翩跹飞舞……

Jack？我突然想起昨天认识的 Jack。他的话很令人费解，但是又好像能隐隐约约地明白一些。我也曾经在一些瞬间被美丽的事物深深打动，能感受到万物之间微妙的联系。

因为 Jack 说的话，今天吃早餐的时候我对盘子里的面包、炒蛋和橙子发自内心地微笑了，并且在咀嚼每一口的时候都专心地品尝它们，其间并不看书，不想任何别的事情，无论是我那倒霉的前男友还是可爱的泰迪熊，只是认真地感受每一口食物的味道。感谢它们让我吃掉，感谢它们给我营养，感谢农夫辛苦的种植，感谢厨师认真的烹饪，感谢所有这一切的缘分。

食物的味道并没有变得更好，但是我觉得心里非常平静，有一种难以言说的满足感。

新旅伴“西归浦”

济州岛泰迪熊博物馆是熊的世界。

名人、著名艺术品和重大历史事件，都被以熊的形式重新演绎。穿着白裙子的梦露熊捂着裙子媚笑、穿着篮球服的乔丹熊伸着舌头扣篮、披头士四只熊、割掉一只耳朵的凡·高熊、最后的晚餐熊、蒙娜丽莎微笑熊、思想者雕塑熊……徜徉在这些熊作品之间，我真恨自己是个人，而不是熊。

整整一上午，我一直沉浸在神态各异、栩栩如生的熊的世界里。我想，创造这么可爱的熊世界的人，内心是多么美好啊！我毫不怀疑，每当夜幕降临，房门紧锁，它们一定会像《博物馆奇妙夜》里面的动物一样，纷纷从黑暗中苏醒过来，兴高采烈地在一起八卦白天的游客、找心仪的熊姑娘谈恋爱、开场摇滚音乐会，或者来一场小规模的足球赛……

泰迪熊博物馆的游客中，老老少少，男男女女，有爸爸怀里的婴儿、有小朋友、有青年男女，还有结伴而来的老人家，看了实在让人心生幸福。在这样一个天真美妙的世界里，所有人的童心都被激发出来了。

博物馆的出口前，是一间礼品和纪念品专卖店。当我置身于千姿百态的毛茸茸的熊的海洋中时，那种心情，就像把18岁的男孩送去空姐培训班，或者把七八岁的小孩扔在糖果店。

我不再想带走一只，我想留在这里。

负隅顽抗几十分钟之后，我终于还是离开了泰迪熊博物馆，但是心里装满了毛茸茸的甜蜜，因为怀里多了一只属于我的泰迪熊。它面带微笑，眼神娇憨，一望便知是个可爱的男孩。

选泰迪熊的过程不是用眼睛，是靠心灵的，就像大家都说选玉要选有缘的玉一样。这只小熊，也是我一眼就看中的。

因为泰迪熊博物馆所在地区叫作西归浦，所以我给我的小熊起名“西归浦”。灵感来源嘛，来自小品《超生游击队》，“一个叫海南岛，一个叫吐鲁番……”

BEATLES

TEDDY

从此以后，我们就是漂洋过海“相依为命”的朋友啦！

济州岛其他景点对我来说都不痛不痒。“天地渊”瀑布，如果听说过黄果树一定不敢叫这么豪气的名字，“汉拿山”公园也应该庆幸它没有生在中国。

所有这些，都只是我给“西归浦”拍照的背景罢了。跟家乡山水合个影吧，下次再回来不知道是什么时候了。

直到后来某天我在“西归浦”屁股上的标签上看到“Made in China”，我才恍然大悟，“世间所有的相遇，都是久别重逢”。

一切都是最好的安排

下午五点，回到船上，我去甲板上找Jack，想介绍“西归浦”给他认识。Jack正在对着一杯水念念有词，看到我来了，依然面对手里的水杯，只是用眼神示意我稍等。他自言自语一会儿之后，充满爱意地亲吻了一下杯子边缘，才转过头来对我微笑。我问他这是一种宗教仪式吗？他说这是在跟水聊天呢。

“聊什么？难道水也会晕船不舒服吗？”

“嗯，水不会，但是水会让你舒服，或者不舒服。”

“啊？你给水施了魔法吗？”

“当然不是魔法，是信念！你忘了我给你讲过的葫芦了吗？用爱心沟通过的水和你不理不睬的水对身体的影响是大大不同的。”

说到这里，Jack匆匆忙忙地表示要回去工作了。他跟“西归浦”握了握手表示欢迎，告诉我晚上10点酒吧见。

略作休息之后，我带着“西归浦”去餐厅吃饭。邻座的许多客人对“西归浦”投来微笑，我也一一笑着回应。为了弥补昨天对“海鲜意粉面”的过错，我今天又点了一份，而且认真去品尝和感谢，今天的意面，真的很好吃。

忽然想到茶道里面有一个词叫“一期一会”，是说坐在一起这样喝茶的机会，或许一生只有一次，所以喝每一杯茶时都要抱着感激的心，格外珍惜，因为下一次与你面对面喝茶的就不再是原来的那个人了，而你所喝到的茶也不会再是原来那一杯！

其实同样可以用来形容这种一心一意全神贯注地活在当下、体会当下的每一点美好的时刻。

晚上十点，我来到位于二层的酒吧。天气晴好。自从白天下船去观光之后，大家就像惊蛰的虫子，一扫昨天晕船的萎靡样，开始熟络起来，各种组合在酒吧闲聊。

在角落的桌子旁找到Jack，他示意我坐下，却并不说话，只是做出一个夸张的凝固大笑的表情，好像等着被刷牙的牙科患者。

他一直龇着牙想让我照做，可是我没有，于是他只好收起牙齿，用两只食指指着嘴角对我说：“让你的嘴角，靠近你的耳朵，越近越好。”

这家伙总有鬼点子，但我很乐意玩他的游戏。

我努力把嘴角靠向耳朵，嘴唇拉出夸张的弧线，直到腮帮子肌肉发酸。

“好，非常好。30、29、28、27……”他一边鼓励我，一边看着表开始数数。数到12的时候，我实在坚持不住，嘴角掉了下来。

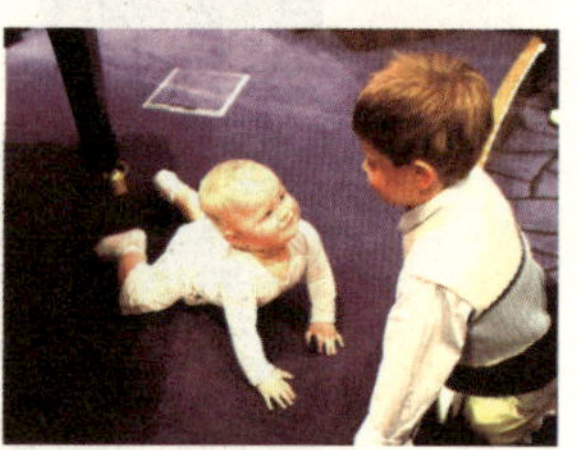

“怎么样？开心吗？”他兴致勃勃地问我，显然他比我更开心。

“开……心啊，为什么？”

“人不仅仅会因为开心而笑，也会因为笑而感觉到开心，这就是我为什么每天都开心的原因，因为我总是不由自主地笑。”最后一个单词，被他用夸张的表情边笑边从牙缝里挤出来，像动物的叫声。但无论如何，我笑了。

而且，不知道是不是心理作用，我的确很开心。

后来才知道Jack是德国人，从小喜欢音乐，自学了很多乐器，会打鼓、会吉他、会钢琴、会口琴，但是却听了爸爸的意见十分不情愿地学了电力。毕业之后没能去成他喜欢的城市，而是在家乡郊区一个偏远的电厂工作了一年。因为工作积极性不高，总是旷工，被领导批评。正在这时，恋爱3年的女朋友又提出了分手，他于是破釜沉舟，离开了家，先是去酒吧伴奏，后来又组建了乐队，再后来他跟朋友们一起离开德国，去了世界上很多地方游荡。在日本横滨演出的时候看到船上招乐手，他就来了。

“漂在地上或者漂在海上，其实没什么区别。”

他很满意现在的生活状态，能做自己喜欢的音乐，能到处旅行，还能认识很多人。

我祝贺他能过自己喜欢的生活，又为他浪费的那几年觉得很惋惜。他不以为然地摇摇头说："其实每件事的发生都是有原因的，一切都是最好的安排。"

"如果当初我被那个大公司的电厂录用，工资会翻三倍，我不会离开；如果我当时的领导不是那么严厉地处罚我，我不会离开；如果当时我的女朋友要跟我结婚，生小孩，我也不会离开。一切当时看起来失败的经历，都是为了让我最终过上我想要的生活。我对那个不喜欢我的面试官，甩掉我的女朋友，真是无比感谢。他们都是我的贵人。用你们的话说——是'菩萨'，哈哈哈……"Jack 眉飞色舞地说着，看得出他真的很热爱现在的生活。

"菩萨"这个词他都懂？我又好笑又佩服。虽然觉得他说的话有道理，但还是想故意刁难他一下："每件事的发生都是有原因的，那么你告诉我，这次我们为什么会遇上台风？呕吐，不适，船上的娱乐项目都关闭了，这是什么'最好的安排'？"

"天哪，难道你不感谢这场台风吗？昨天因为台风，船才会颠簸，所以乐队演出暂停，所以我才会在餐厅遇见你。不然的话，我每天 10 点才能下班，那时候难过的意面们早就已经被倒进难过的垃圾箱里，而难过的你在难过的床上难过地睡着了。"他说了很多个难过，而且面部变化出各种难过的表情，我被他的"难过"逗笑了。

原来是这样！

真的是这样吗？

为什么不是这样?

在让人难过的经历中，找到值得感恩的部分，去感谢它、享受它、积极地面对它，相信所有的难过都是暂时的，后面都隐藏着一个快乐的目的，把我们引向那个幸福的结局，为什么不是这样呢?

“宇宙为了让你听到我说的这些话，兴师动众地制造了一场台风，还搭上那么多人的晕船，对了，还因此浪费了很多的食物。你应该觉得特别荣幸才对啊！”Jack激动得就要抓住我的肩膀摇了，他一定是想起了那些“晕船”的番茄、蘑菇、面条和贝壳，“所以，每件事都要感恩，那都是上帝给你的礼物，虽然也许包装得很难看，但你不能拒绝礼物。”Jack像上帝的代言人，但是他一副散漫的样子，摊开着两只手，做出可怜兮兮的拒绝的样子。

他所有的话，对我都是礼物，却用了这样一个并不精美的“包装”来传递。

临下船的时候，Jack来出口送我。我给了他一个包装很难看的礼物——那是我从中国带来的一个红丝线编织的中国结，只是用船上的报纸随便包了一下，最后附赠给他一个大大的拥抱。

“亲爱的，”Jack握着我的手说，“我不知道我遇到你的原因是什么，但是也许我以后会知道。其实，根本不需要原因，让你在船上的这两天有一个愉快的心情，这就是宇宙派给我的任务！”

Jack仰头向天，伸开双臂：“哥们儿，我完成得还不错吧？哈哈……”

这，就是我的济州岛一刻。

亲爱的Z:

我不知道你离开我的原因是什么。

是的，你有你的原因，但是也许后面还有更大的原因。

无论如何，我们都需要空间、时间去冷静一下。

希望你真的知道你在做什么。

和“西归浦”一起向你问好!

爱你的M

Part V >>>

菲律宾 | 别处的生活

明年你还爱我吗？

宿务航空的空姐笑容灿烂，而我的表情和她们相反。

虽然说是廉价航空，不提供免费饮料，可是连一杯清水都没有吗？本来对于一个失恋的大龄女青年来说，“干渴（干巴巴）”只是形容词，现在变成了一个客观陈述。十几块钱一瓶的矿泉水也不是不能接受，可我还是赌气不买，看自己能忍多久。

飞机已经起飞很久了，我还没有做好去长滩岛的精神准备，心里一百个不情愿，连淘宝上写着“海滩绝配”的那套比基尼都没有带。

来长滩岛，是因为8个月前的那次宿务大促销。北京往返长滩岛，马尼拉转机的话，只要人民币一千多块，于是跟Z一起买了两张往返的票。当时一冲动，在船舷上刻了一道“从此处落水”的标志，没想到，8个月前掉的宝剑，现在要被迫按着标志去找，处处透着不合时宜。

用现在的经历去揣测以后的时光，真是像刻舟求剑一样愚蠢。当时以为我们会鸳鸯双飞，哪知8个月后只剩孤雁振翅了。

但其实也不是完全没有好处，当时我们还在担心怎么才能让领导同意8天的假期，没想到现在的我有了大把的时间。果然人算不如天算，真是讽刺。

就像陈升那场演唱会的情侣票。

他提前一年预售了自己演唱会的门票，仅限情侣购买，一人的价格可以获得两个席位。但是，一份情侣券分为男生券和女生券，恋人双方各自保存属于自己的那张券，一年后，两张券合在一起才能奏效。票很快就卖光了。大家对于明年会一起来听演唱会深信不疑。

到了第二年，陈升专设的情侣席位果然空了好多位子。他面对着那一个个空位子，唱了最后一首歌《把悲伤留给自己》。

而这场演唱会的名字叫作：明年你还爱我吗？

“明年你还会跟我一起旅行吗？”——估计每年宿务促销预订都会遇到这种尴尬局面吧。订票的是一对，出行的是一个人，或者是另外一对。由此看来，买“期票”是对爱情的考验呢。

Z的票也许退了，也许废了，也许转了，我不知道。反正是剩我一个人孤零零地坐在这里。说到孤零零，简直就像是这次的主题。刚才我拿着大包找到登机口的时候，已经快登机了。谁知道安检那么严格，不但检查电子产品，连雨伞都要让我拿出来看看！我像恐怖分子吗？还是我阴郁的表情很恐怖？

登机口边的座位居然满员。找了三遍才发现一个小得可怜的空位。又是只有一个！可怜我自从单身之后，跟“一”这个数字好像特别有缘。

无论如何，坐下再说吧！

随意地往两边一瞥，发现左边一位在看书，手里的书页上有个熟悉的符号——光明派的对称字！咦？这是——《天使与魔鬼》——《达·芬奇密码》系列中我最喜欢的一部。用罗马的著名景点作为地标，拼凑成一个历史事件、一个阴谋。真实和想象结合，引人入胜。再凑过去看看，虽然是英文书，但是依稀能看到“罗伯特·兰登”的字样。果然是《达·芬奇密码》，好兴奋！

咦，字怎么越来越大？

我意识到了某种尴尬，赶紧抬起头，正看到拿着书的小伙子在冲我笑。

哇，帅哥！轮廓是欧洲的，头发却是黑色的，一脸阳光灿烂。

“Sorry.”我笑得有点儿尴尬，一定是我刚才探头探得太过分了，赶快收好手脚在椅子上坐好，拿起一本随身带的书假装埋头读起来。

过一会儿，我上厕所，回来时大家已经排起了登机的长队，我沮丧地站在队尾，再想搭讪也没机会了。

总之，这实在是一趟尴尬的旅行！

我打开随身带的那本《1Q84》继续读。

邻座是位黑人大叔，衣服包裹不住的部分身体从狭小座位的扶手上面四溢出来，就像他令人眩晕的迷人味道。看着他费力地把身体塞到座位里，我深感世界的不公，恨不得把我和椅子周围的空间分他一些。他费力地把自己塞进去之后，不到10分钟，又费力地把自己拔了出来，走出去，估计是上厕所，但马上又坐回来了。我听到一句英文：“你也是去菲律宾执行任务的吗？”

“啊？”我迷惑地抬起头。

一本英文版《天使与魔鬼》在我眼前晃了一下。哇，是刚才的帅哥！他的座位跟我们这排隔着一条过道，刚刚跟我隔壁的大叔换了座位。

Thank God！我在心里拍了拍“小宇”的肩膀。

顺便说一句，既然“一切都是最好的安排”，那么安排这一切的幕后大老板可是又辛苦又伟大。我更愿意相信他不是一个具体的人，而是一种巨大的力量，或者是一个规律，也许是外星人也不一定。我的想象中，世界上最大的是宇宙。既然是相伴一生的伙伴，不如轻松点儿，我对它的昵称是“小宇”。

“是呀，听说菲律宾有一位重要人物被刺杀了。”我模仿《达·芬奇密码》里面的情节回答他。可惜“主教”这个词的英文我不会，只好改成了“重要人物”。

“终于找到你了，维多利亚。”他用书中女主角的名字称呼我。

“看来我们得赶快行动，罗伯特，”我做出很紧张的样子，“时间来不及了。”

我们一起哈哈大笑，刚刚被换走的大叔投过不解的目光。

被“罗伯特”放鸽子

“罗伯特”不仅帅，而且有点儿萌，简直有点儿“二”，总是能把我逗得开心大笑。而且，我订的酒店和他订的公寓距离很近。

我们一起坐“蜘蛛船”上岛，一起坐“TuTu”车到D'mall，一起到Jonah's喝芒果冰沙，一起去海边吃龙虾，然后去喝长岛冰茶。他说他的朋友们都是三天前过来的，而只有他一个因为临时有事晚了三天，自己从荷兰飞过来，不然也不会在飞机上遇到我。

毫无疑问，一切都是最好的安排。

如果让我和前男友分手是为了“罗伯特”的话，“小宇”啊，你一定是白羊座的！这么有创意，又这么冒失。好吧，虽然品种不同，而且不确定因素太多，可我还是有兴趣一试。

晚上他送我回酒店，分手的时候，我们约好明天和他的朋友们一起出海、钓鱼、吃烧烤。他说回去跟他们商量一下出发时间，然后打电话通知我。

回到酒店，我一边做面膜，一边把所有带来的衣服逐一搭配了一遍，同时对没有带“海滩绝配”比基尼来深感遗憾。把明天要穿的衣服、鞋、配饰、头饰都准备好，美美地放在桌上，然后把手机放在床头，带着对明天的期待跟“小宇”说晚安。

说了晚安之后，也并未晚安。躺在床上，脑子乱乱的。前男友和“罗伯特”的形象忽远忽近，交织在一起，还是很想Z，想到他还是会难过，可是难过里又带着期待和紧张。不知道明天会怎样，不知道未来会怎样。

一晚上睡得很累，第二天醒过来的时候都已经——9点了？！

恍惚间记得昨晚“罗伯特”体贴地说今天要给我电话叫早的呀！我看看手机，信号满格，电量满格，来电记录空格。

是我做了梦吗？

昨晚睡前准备出来的一套沙滩裙还摆在桌子上呢。

是太早了？再等等。

等到10点，我给他打了一个电话，没人接。

等到11点，我绝望了。

我昨天的表现不好吗？我昨天说错话了？我昨天太活泼了？我昨天太保守了？我昨天笑得太大声了？我昨天牙上有菜叶？慌张地把昨天的细节和告别时罗伯特的表现捋了一遍，答案是，我没问题！

“难道他是骗子？！”我搜肠刮肚，苦思冥想了半天，也没有想出个所以然来，于是就开始生闷气，顺便把“小宇”也骂了一顿。什么“一切都是最好的安排”，这到底是怎么安排的啊？我白白高兴了一晚上，又等了一个上午，难道都是做梦吗？太气人了。

终于还是决定吃个午饭，出去转转。昨天只顾得跟“罗伯特”聊天讲笑话，都没有好好看看长滩岛的海。

D'mall是长滩岛的中心地带，食肆商户林立，人头攒动。卖冰激凌的、卖Pancake的、卖项链的，有点儿像北京的后海，生活气息和商业氛围交织在一起，卖“西班牙海鲜饭”的小伙子可能就是街头住着的阿婶的儿子，卖“葡式蛋挞”的就是巷尾的三伯家的二丫头。

虽然没有欧洲度假胜地的清静幽雅，但是身边环绕着真正生活在这里的人，觉得很踏实、很贴心。

我找了一个小餐馆临窗的位置，既然没胃口，选择食物的准则就是便宜。要了一人份的比萨饼，喝自己带的矿泉水，眼睛盯着窗外来来往往的欧美游客，没有“罗伯特”。

我又给“罗伯特”打了一个电话，还是没人接。

DIAS SARI-SARI
STORE

踢猫效应

我没精打采地在 D'mall 里面乱走，不知不觉就走到了内陆地区，也就是当地人生活的地方。电线一团团杂乱地挂在电线杆上，好像随时会坠落。一排排茅草顶的低矮小屋漆成各种鲜艳的颜色，门口挂着刚洗好的衣服在风中轻摆着。间或有一两家大一些的漂亮的白砖房，里面有大株的茂盛的植物，把缀满了花的枝条伸到栏杆外面来。在小卖部门口，两个刚买了零食的小孩，一边大声说笑聊天，一边迫不及待地把零食往嘴里放。一栋建到一半的房子，斜倚着高高的蓝色墙板。有几个孩子躲在这蓝色的墙板下玩得不亦乐乎。蓝房子旁是一间蔬菜铺，各种知名的不知名的蔬菜整齐地摆放在一起，等着被一个个贤惠的主妇买去，在一个个虽然简陋却幸福的家里，成为温暖的晚饭。

这些很普通的市井生活场景，突然让人感动。我想起了自己小时候跟爸爸妈妈住在平房里面的日子。那个等待长大的我，对未来充满期待，还不曾为什么事伤痛至此。

后面好像有动静，回头时发现一只黑白相间的小花狗跟着我。我停下来看它，它也停下来看我，眼神有点儿挑衅。我没有心情逗它玩，于是做出很凶狠的样子，大叫着“汪汪汪”吓唬它，它果然后退几步，转身跑掉了。

我对自己欺负狗的行为有点儿内疚，但愿它不会就此对外地人不友好了。

可继续往前走了没多久，便在一个路口又碰见了那只小花狗。它正在跟自己的主人练习“握手”的才艺表演。主人是位中年菲律宾大哥，热情地招呼我坐下后又和小狗一起联袂表演“抬左手，抬右手，握手，再见”。小花狗表演得非常专业，对我也“不计前嫌”，不停地摇尾讨好。

我被他们的表演打动了，忍不住鼓起掌来。菲律宾大哥露出憨厚的笑，边从兜里掏出几条小鱼喂小狗，边告诉我说“我家 Bingo 在我们这里很有名，大家都知道 Bingo 非常聪明”。我问他能不能让“西归浦”和他们一起照张相，他说：“Why not？”听说我一直带“西归浦”一起旅行，还对着我竖大拇指，说“西归浦”和他的 Bingo 一样聪明。

告别 Bingo，心情好多了。忽然想起有一个名词，叫作“踢猫效应”。说的是董事长因为工作的事发脾气，骂了总经理。总经理受了委屈很生气，于是找来秘书骂了一顿。

秘书不敢回嘴，但心里也很郁闷，于是回家之后给老婆脸色看。老婆不明就里，心烦之下骂了儿子一顿。儿子回到自己的房间，无处发泄，只好对着家里的小猫踢了一脚。

刚才被我“恶脸相向”的Bingo，其实不就是那只被儿子踢了一脚的猫吗？不明不白地当了我的出气筒，冤枉得很。幸好Bingo忘性大，该握手握手，该合影合影，该吃鱼吃鱼，没事儿似的。

正想着自己不该“踢猫”，转念一想，自己其实就是那只“猫”。一只因为被“罗伯特”踢了一脚而闷闷不乐的猫。我不该在自己身上找原因，我找一辈子也找不出原因。

也许他一觉醒来失忆了。

也许他女朋友追来菲律宾他不敢露面了。

也许他昨晚回去路上遇到一位灵魂伴侣一见钟情了。

也许他身患绝症时日不多，所以良心发现了。

……

也许他根本就是那个因为董事长生气，被妈妈骂了一顿的儿子。

谁知道呢？

我应该向Bingo学习，对于莫名其妙的负面影响，没心没肺地置之不理，继续握手、合影、吃小鱼，悠然自得。

我用力甩甩头，甩掉这些不开心的事，步履轻快地继续逛。

果然“一切都是最好的安排”，“小宇”给我安排这件事也许就是为了告诉我这个道理。生活中，每个人都经常会当“董事长”，也经常会成为那只可怜的“猫”。郁闷之后迁怒于人，或者被迁怒而郁闷，是不能管理情绪的人经常做的事。

总有一些事情，是我们知道原因，或者能够控制的，而有很多事不能。

随遇而安才能安，不以物喜，不以己悲。

KITE CENTER

KITE CENTER

看 Bingo 握手、吃小鱼的画面，是我的长滩岛一刻。

生活在别处

长滩岛的美妙之处就在于它的市井。这里不仅是旅游区，也是当地人生活的地方。傍晚的白沙滩是一幅菲律宾的《清明上河图》。整个海岛对小朋友们来说是一个巨大的游乐场，他们把头顶在沙子里跳街舞（我猜他们顶着满头沙子回家也不会挨骂，因为他们的爸爸小时候也是这么玩的），上上下下地跳着折腾着，从未见有家长号叫着让回家做作业，这才是真正的童年。

有当地人挑着海鲜叫卖，粉嫩的鱿鱼和青色的大虾，新鲜又干净，在夕阳下闪着光，又美，又美味。真羡慕他们能得到这么接地气的食物。

有游客穿着婚纱甜蜜地拍照，见到我过来主动搭讪，其实他们的目的是“西归浦”。于是“西归浦”在某对异国游客的婚纱照里客串了一把。

还有黄昏时冲浪培训班学员的矫健身影。

见我看得发呆，教冲浪的教练问我要不要学。我知道自己没那种天分，赶快拒绝。

他问我是不是本地人，我不知道该喜还是该气。他解释说菲律宾女孩都很美，我选择相信。

我问他是哪里人，他说俄罗斯。

我说俄罗斯那么远，怎么会想到到这里来教冲浪。他说俄罗斯太冷，而他有哮喘，他看我不明白哮喘的英文单词，特意伸着脖子做了上气不接下气的样子，咽喉里发出呼噜呼噜的声音。

他在俄罗斯做股票，每天神经紧张地看着大盘。终于有一天，他在大盘崩盘之前自己崩盘了。

“我受不了，太累了。我不喜欢股票，我喜欢游泳。大海和股票一样，也是有涨有落，大海和股票一样，都很危险，会死人。在股市里冲浪太危险了，还是教大家在大海冲浪更安全。”他笑着一边跟我说，一边张开双手比画着波浪一样的形状。

“你在这里学的冲浪？”

“是啊，来的时候一点儿都不会，学了两个小时就会了，就好像以前就会，只是复习一下而已。”

“每周休息几天呀？”

“没有固定休息，只是有事的时候跟老板打个招呼就行。”

“没有休息日？那……多辛苦啊？”

“当然不啦，”他摊着双手张嘴大笑，“放假也不过是去海里游泳，冲浪。上班也是在海里游泳、冲浪，要休息日干什么？”

“打算待多久呢？”

“跟你说实话，我怀疑自己根本上辈子就是这里的人，所以千方百计到这里来。在这里过得好开心，就像回家一样。俄罗斯太冷了，我再也不想回去。”

远处，有一个学员从冲浪板上掉到海里，估计是呛了水，挣扎着，他连忙跑过去。

“我热爱这个国家，感觉像在家里一样。一个使人感觉像在家一样的地方，除了出生的故乡，就是命运归宿的地方。”这句话，是海明威说给古巴的，他在那里度过了他三分之一的人生。

天慢慢黑下来，晚霞在远处静静地燃烧着，如此迷人。海边冲浪的人变成了剪影，在夕阳中划出一道道弧线。冲浪教练的话也在我心里荡起了涟漪。我想起了高更，法国印象派画家。同样是一个股票经纪人，人到中年之后，高更忽然意识到这不是自己想要的生活，抛弃妻子离家出走以画画为生，终于在塔希提岛过上梦想中的生活，从当地不穿上衣，不认识字的土著姑娘中找了一个做老婆。充沛的创作欲望驱使他不停地作画，不停地创造美，直到得了麻风病，身体腐烂在这个岛的土地中。

也许，有些人生来就被安排在不是自己命运的世界里，有的是自然环境，有的是人文环境，甚至有的是性别。最终他们原本属于的世界会对他们发出强烈的呼唤，让他们抛弃一切在这个世界里所谓“重要”的东西，扑向他们灵魂的故乡。

亲爱的Z：

我记得你说过，看到我就像看到了家。

你也说过，想和我一起变成一个家。

我却不知道，家的后面，还有一个故乡。

而我，也许只不过碰巧不是你的故乡，如此而已。

希望你能真正找到自己的故乡，并且把它变成一个乐园。

你的家人M

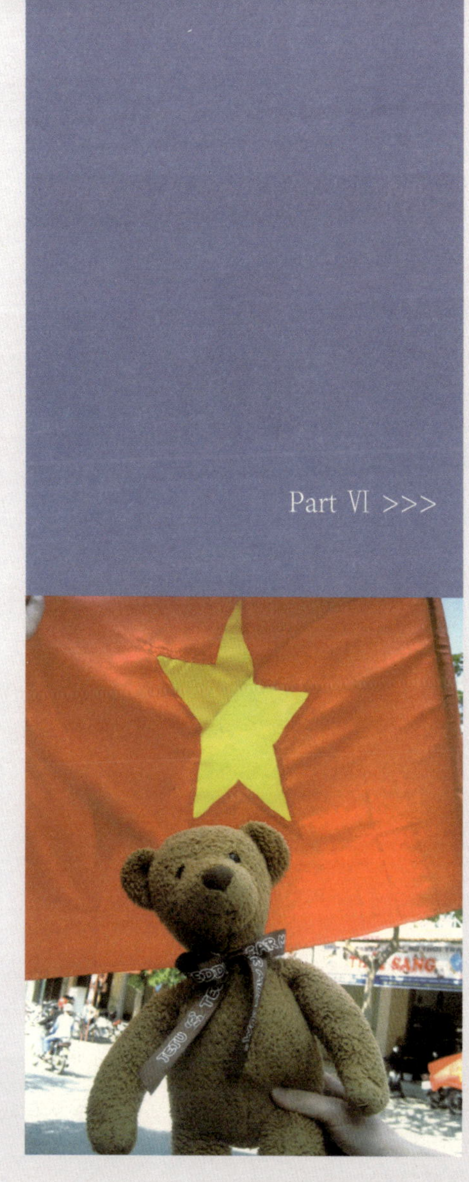

Part Ⅵ >>>

越南 | 独自寻欢

56 条短信

从菲律宾回来时已经是 1 月底了。对于一个失恋外加失业的人来说，春节就是春劫。亲戚们最热衷的这两个问题，我都缺乏有趣的谈资，却要准备充分的解释——就像一个事故频发国家的新闻发言人，要有足够的智慧和勇气平息愤怒，处理质疑，接受惋惜，安抚忧心。

我着实缺少这方面的智慧，也不想让亲戚们对我失望，于是，我选择了溜。生平第一次过春节不在父母身边。想到家里亲戚聚会的热闹场面，有独在异乡的漂泊感，也有独自偷欢的快感。

从北京到越南需要在广州转机。在广州机场的候机厅，我把手机里所有锁定的 Z 给我发过的 56 条短信息，逐一发回给他，然后解锁、删除，最后关机。

我们都是喜欢表达感情的人，所以我们互相说过的甜言蜜语非常多。我曾经想过把我们之间说过的有趣又甜蜜的话都记在小本子上，等结婚的时候念给他，重温美好记忆。当着大家的面念还是只有我们两个分享呢？这个我还没想好——好在也不用想了。所以我把我们之间我认为非常经典的短信都“锁定”了，以防不小心删掉。这是我最宝贵的精神财富，我要把它们存起来，一遍遍重新看，每个字都能让我露出微笑。就像贪婪的财主在数仓库里的金币。

分手之后，这些文字都变成了极具杀伤力的武器。对于已经失去的东西，最残忍的就是重温它的美好。每个字都让人心碎。所以，我决定把这些武器还给他。也许这些他曾经亲手撰写的文字现在对他不会有什么杀伤力了，反而能帮他为现在的新恋情提供一些表白素材，那也无所谓。我只是想把这些裹挟着当时的记忆当时的思想当时的感情当时的气场当时的身体皮屑的文字还给他，丢给他，扔给他，抛给他。然后我删掉，清空，归零。

可惜把短信息扔给他的过程不像把一个真实的东西扔还给他那么痛快解气。没有重量，没有“抛掷”的动作，没有击到他身上的痛感，也没有落地破碎时的脆响。我只是默默地怀着仪式感，把一条条信息认真地看一眼，向它们告别，然后点击转发，输入他的手机号，然后选择解锁，点击删除。随着手机对话框显示“删除成功”，这一段段代表我们美好往昔的记忆，也仿佛从我头脑里被彻底删除了。

这是分手之后我第一次有勇气阅读这些信息，但也是最后一次。

最后一条发送并且删除之后马上关机。我不想看到他的回复，是什么都不想看。

置身于此地与远方之间的机场，在旧岁与新年之间的时刻，清空旧爱的记忆，登上飞机，去经历未知的旅程。

我突然喜欢这般决绝的自己，而且在这样貌似孤绝的悲壮中也有小小的自豪。

风月无边

在飞机上坐定，把“西归浦”在我腿上安顿好，打开那本已经看过很多遍的《情人》。

好了亲爱的，现在时间和情绪都切换到越南模式。

不知道是因为玛格丽特·杜拉斯喜欢越南，还是因为越南喜欢玛格丽特·杜拉斯。但是这两者的确是相得益彰，交相辉映。杜拉斯强化了越南的慵懒和情色，越南成就了杜拉斯的风情和浪漫。杜拉斯和三毛、凡·高，以及所有白羊座的艺术家一样，热情飞扬，色彩斑斓，恣意地展示着对生活的激情和对爱情的狂热。不疯魔不成活，不爱不痛快，不死不止息。

越南，是《野战排》里一无所有只有死亡的战场。

它是《现代启示录》里充满迷茫、厌倦和恐惧的湄南河。

它是《青木瓜之味》中凉爽的午后，是写字的时候被身边男人溪水一样温柔的手拂过下颌的悸动。

它是《三轮车夫》中黑发女子妖冶的美，月白绸衫上轻盈的希望，艳丽的热带水果摊上飞舞的蚊蝇，还有漂着垃圾的河面上徐徐的风。

我对越南最深刻的印象是杜拉斯苍老沟壑的《情人》和梁家辉后臀闪亮的《情人》。炎热又冷漠，躁动却软弱，充满欲望但是慵懒随意。这些都是关在一扇扇殖民建筑的百叶窗后面的故事。现在我要亲眼去看看百叶窗外面的风月无边。

飞机到达胡志明市的时候是傍晚，一出机场就深深地吸了一口这期待已久的杜拉斯、梁家辉、梁朝伟、马兰白龙度和科波拉都吸过的湿热的空气，眼前是热闹的人群和昏黄的路灯，像南方某个小城。到处挂的是红底黄字的喜庆条幅，虽然不认识越南字，但上面的寿星佬和童男童女一看便知是“春节快乐”的意思。果然是“宾至如归”啊！这里的节日气氛并不比北京差。

坐在出租车上，忐忑地开机，只有一条中国移动的出国提示，没有其他的短信。

还没来得及惆怅，Landon 的电话打了进来，他是朋友的朋友，在越南工作了 2 年的英国人，是在日本工作的时候认识的，总之是个世界人，这么热心地招呼我，显然也是个爱交朋友的热心人。

Landon 代表越南人民对我致以了欢迎和问候，并且约好了明天晚上，也就是除夕，参加他朋友的生日晚会。

陌生的国家，陌生的人，朋友的朋友的朋友在除夕的生日 party，这一切可真缺乏现实感！

一旦分离，就再也不会重逢

第二天一早，在酒店前台遇到一对美国哥俩儿，便相邀一起包车去古芝地道和战争博物馆。本来很不想参加，但是他们盛情相邀，包车会比单独去便宜 30%，而且又是旅行书里推荐的五星景点……好吧，可怜的没经过地道战的美国人……我也一起去看看吧。于是，三个人携手包车去看战争遗址。结果看到了整个越南最痛的部分，我对这种痛感同身受。参观完后，我们三个人往回走，一路默默无语。

回到酒店，恹恹懒梳妆。Landon 的电话超人一样救我于水火：晚上 9 点，Park Hyatt 大堂见，有十个帅哥！还有……

够了！

我挂上电话，开始洗脸。

晚上 9 点，打扮妥帖的我准时出现在酒店大堂。毕竟是除夕夜，要开开心心地过！

这是我在分手之后，第一次见到这么多男性。我是说这么近距离的，可以交谈的，单身的，活的，我是说帅的。一水儿的金发碧眼，都是 Landon 的同事朋友。我什么都没做，只是咧着大嘴在角落喝可乐。仅仅是意识到，这个世界上除了 Z 还有这么多单身男性这个事实，就已经足够让我开心的了。

居然没有人过来搭讪，是因为我笑得太花痴吗？

晚上 11 点，去 Apocolypse 找另外一拨朋友。这个迪厅和电影《现代启示录》的英文名同名，所以平添了一丝文化感。其实内部装修和北京的工体夜场相差无几。一群热情快乐喝得半醉的帅哥美女，操着各地口音的英语兴奋地聊着。轮流说几句，音乐太吵听不清，口音太重听不懂，都没有关系，可是大笑的时间点总是找得非常准。能一起笑就好，这是最重要的。语言也不过是令人欢愉的工具，干脆免去沟通，直指结果，一起大笑。

而我心里有一坨坚硬的痛，执拗地拉着我坠着我，不让我沉溺这快乐，不让我的心飘起来。我是被这欢乐的海洋冲到沙滩的泡沫，静静地在一旁看着他们笑。这时候，舞曲换成了一首改编过的《I'll survive》，熟悉的旋律响起，人群沸腾了，我仰天感谢“小宇”。这是我在分手之后听了很多次的歌，它支持着我度过很多的日子，在我虚弱时给我力量，在我流泪时给我信心。每一句词，我都背诵过：

At first I was afraid I was petrified

起初我很害怕，不知所措

Kept thinking I could never live without you by my side

一直在想：没有你在身边，我一定活不下去

But then I spent so many nights

但是后来，我花了很多个夜晚

Thinking how you did me wrong

思考你是如何辜负了我

And I grew strong

我变得坚强

And I learn how to get along

学会了独立

And so you're back from outer space

然而，你从外头回到了这里

I just walked in to find you here with that sad look upon your face

我走进来，发现了满脸愁容的你

I should have changed that stupid lock

我早该换门锁

I should have made you leave your key

我早该叫你把钥匙留下

If I'd known for just one second you'd be back to bother me

如果我早知道你会回来骚扰我的话

Go on now, go walk out the door

走吧！滚到外面去

Just turn around now

请你转身离开

(Cause) You're not welcome anymore

你已经不受欢迎

Weren't you the one who tried to hurt me with goodbye

你就是那个用分手来伤害我的家伙

Did I crumble

难道是我搞砸了

Did you think I'd lay down and die

你以为我会坐以待毙

Oh no, not I, I will survive

哦！不，我会活下去

Oh as long as I know how to love I know I'll stay alive

一旦我学会如何去爱，我就能活下去

I've got all my life to live

我会用一生好好过日子

I've got all my love to give and I'll survive

我会用全部的爱去奉献，我会活下去

I will survive

我会活下去

It took all the strength I had not to fall apart

我用尽全身的力气，不让自己崩溃

Kept trying hard to mend the pieces of my broken heart

努力修补着我心碎的碎片

And I spent oh so many nights

我花了多少个夜晚

Just feeling sorry for myself

为自己感到难过

I used to cry but now I hold my head up high

我曾经哭泣，但现在的我昂首阔步

And you see me somebody new

你可以看到我已脱胎换骨

I'm not that chained up little person still in love with you

我已不是那个还爱着你而被束缚的卑微女子

And so you feel like dropping in

你说想来看我

And just expect me to be free

希望我有空见你

Now I'm saving all my loving for someone who's loving me

如今，我已把全部的爱都留给那个爱我的人

我随着众人大声地唱出“I will survive ”的歌词，心里有一股力量腾起，把那坚硬的痛包裹、融化。我把手交给了正对我伸着手的Landon，他戴着一顶蝙蝠形状的帽子，用另一只手的中指和食指在嘴上做出“V”字手势，示意我要笑。我笑了，加入他们的行列。跟着音乐乱蹦乱跳。

12点的时候，伴随着鼓声倒计时，人家一起倒数，齐声大喊“Happy new year！”然后尖叫。

具体的道别流程我已经不记得了。我记得有跟不认识的寿星说生日快乐，我记得肯定没有人让我均摊费用，但是我不记得自己有没有很真诚地跟Landon说感谢。那时候我们都处在一个不是很清醒的状态，说了或者没说，估计区别不大。

可是，我再也没机会说了。

前不久，朋友告诉我，Landon去世了。是他自己选择的。

我听到这个消息，跌落在椅子上，回忆着他那张快乐的脸。他在乎每个人的心情，他努力用自己的快乐去感染别人，他不允许在party里面有人不开心。原来，最不开心的那个，是他自己。

和Landon在一起只有四五个小时的时间，也许第二天他就忘了我是谁。但是他给我的温暖，会持续终生。

感谢你，Landon，感谢你在我失恋之后的第一个除夕带给我的快乐，感谢你体贴地照顾每一个人的感受，感谢你曾经给这个世界带来的所有快乐。祝你一切都好。

旅行中会见很多人。大部分人的相见都是一生一次。开心也罢，生气也罢，一旦分开，就再也不会重逢。事实上，在人生这个单行线上的旅行也是一样。一个人，一片景色，一个地方，一段经历，时间像火车前行，在每一段有缘的地方短暂停留后继续隆隆奔驰。你只能回忆，却再也无法回去。即使再次回到相同的地方，也不可能找到同样的情境和心情。

如果对于旅行中遇到的每一个人、每一片景色、每一个地方、每一段经历，都怀着对待最后一次的心情，去欣赏，去体会，那人和景都会变得更美好。

Dear Z：

As long as I know how to love I know I'll stay alive

I've got all my life to live

And I spent so many nights

Just feeling sorry for myself

I used to cry but now I hold my head up high

And you see me somebody new

Now I'm saving all my loving for someone who's loving me

M

会安的柔软时光

芽庄是海滨胜地，也是当时美军的休假场所。在这里，我充分享受了芽庄特产——海风。轻盈的，清新的，带着街边羞涩小花香味的海风，像丝绸一样柔软，拂面而来。时光也似乎在这风中慢下来，让人不忍离开。

下午去买 sin caf é 的大巴票的时候，得知今天的票已经卖完了。因为越南同样是春节假期，游客很多。于是我决定去机票售票点碰碰运气。

卖机票的小哥儿很羞涩，一边帮我查询各种线路的可能性，一边轻瞟我手里的“西归浦”低头窃笑。我邀请他和“西归浦”合影，他笑得不知所措。

第二天，飞到 Da Nang，然后打车到会安。

会安古城。

我一眼看到它，就深深地扎了进去。我爱这个地方。这就是我心里的越南，这里没有西贡的国际化和鳞次栉比的酒吧，这里没有河内的商业化和汹涌的摩托车大军，但是这里有明信片上所有美好的越南符号：穿白色奥黛骑着自行车穿行在田野里的姑娘，戴着斗笠在牧野中晚归的老人，夕阳下小巷中拖着温暖影子的行人，三五成群对着镜头害羞笑着的女学生，坐在门口做灯笼的奶奶……

所有引人入胜的图片中的人物、建筑和景色，就这么静静地走出来，铺陈在面前。我忘乎所以，一脚迈入画中，踏进这世间难寻的桃花源。

会安是一个古城，是越南最早的华人聚集地。古城区内的建筑都是原汁原味的，没有夹杂一点儿现代的新建筑。整个会安古城纵横只有四五条街道，一条河，一座廊桥。因为华人聚集，所以中文和中式建筑到处可见，甚至还有祠堂和关公庙，都保存得很完整，没有受到战争破坏。

这里的建筑外墙很多都是彩色的，这是我最迷恋的地方。法式殖民地风格，有蓝有黄有绿，与天空、夕阳和粉色的桃花随意地共处在一个空间，却呼应得近乎完美。

傍晚的会安是最美的时候。夕阳也像个慵懒的老者，斜斜地照在建筑、街道和商铺的灯笼上，就像是和老相识们随便拉拉家常，不久就慢吞吞地起身离开了。

天黑下来的时候，我迷路了，于是叫了一辆三轮车。蓝色的车身，红花的坐垫。可惜拉车的小伙子并不是梁朝伟，却有同样纤弱的侧影，问了去处，便一声都不吭地埋头拉起车来。

会安的夜晚同样很美，因为会安的特产就是彩色的灯笼，家家都会点起，远远近近、明明暗暗，点缀在黑夜里，朦胧的光照不亮路，却能让人安心。

会安的酒店各有特色，很难取舍。我最后选择的 Vinh Hung 酒店，东南亚风情浓郁，每晚才 30 美元。室内家具都是深色实木的，奶黄色的窗帘飘在百叶窗前，小阳台上备好了藤椅和圆桌。得到亚热带丰沛雨水滋润的芭蕉树长得老高，正好掩映在阳台前方，翠绿的叶子和阳台上挂的红灯笼互相调情，潮湿而暧昧。

这一切就像是陈英雄电影中的布景，安静地等待我这个女主角登场。

第二天，吃过午饭，租了辆自行车，在古城里没有目的地闲逛。脚跟着心，心跟着感觉，无意间找到著名的 Brothers Caf é，这是《孤独星球》重点推荐的餐厅，也是一座颇有历史的法式建筑，据说曾经是很多电影的取景地。

绿色阔叶植物包围中的黄色法式建筑，各色灯笼点缀其间，实木的家具座椅，各色缎面绣花靠垫，欧式包裹中式，浪漫中带着羞涩，风格鲜明的殖民地风格。

花园和河边都有座位，院子很大，有水流过，池塘上漂着浮萍。窗台上、桌子上、庭院里有很多鲜花，不是张狂怒放的大花，是簇拥着的很多小盆鲜花，你推我搡地羞答答挤成一团，看到客人就仿佛要娇羞地别过脸去。

我找了池塘边的位子坐下，点了越南春卷和会安白玫瑰，还有一杯越南咖啡。

去越南之前，我很少喝咖啡，无论是速溶咖啡，还是星巴克，都只是一种普通的饮料而已。从越南回来之后，我更少喝咖啡，因为喝过世界上最好喝最醇厚的咖啡之后，别的咖啡都是六宫粉黛无颜色，寡淡如水。

越南咖啡还是一起去古芝地道的时候，美国哥俩儿介绍给我的，说是一定要喝，一辈子忘不掉。它杯子很特别，分为上下两部分，磨好的咖啡粉放在上面，从中间的漏斗一滴滴浓稠地滴到下面的杯子里，与杯底的 condensed milk，也就是炼乳，翻滚融合，共同呈现出一杯浓稠醇厚的越南咖啡。

咖啡里面的味道非常丰富，就像湄公河的水，看似浑浊，是因为里面充满了故事。

在越南，每餐我都会点咖啡。从对侍者报出 Vietnamese coffee 名字的这一刻，就已经开始满心期待。咖啡端上来时通常正在吃饭，眼光瞟过去看到它心生欢喜。吃完后，端过咖啡杯的动作像一种仪式，没有越南咖啡收尾，不算完整的一餐。

喝完咖啡，便拿出在会安的小店里买的明信片，逐一写上对朋友们的祝福。还有，给他。借着酒醉写的上一封斗志昂扬的明信片才寄出去两天，鸡血的效果就已经失效。我还是很想他。几乎是每时每刻都在想。我大脑的“联想”功能发达过度，见微知著，管窥见豹，从一个轮廓想到他的脸，从一个单词想到他的话。世界之大，每个人都举着一个提示板，提醒我失去的痛苦。

还好，总会有新的东西分散注意力，这就是旅行的好处。疲惫，迷路，美景，行程计划。

每次想到他，我就努力把嘴角拉向耳朵。心里默数 30 秒。

笑足 30 秒，又是一条好汉！

虽然很想他，却并不想见到他。我清楚地知道，我们两个人共同的世界已经拆分成了两个，在空中越飘越远。这两个世界的交集，只有以前的共同回忆，没有以后。

好吧，30 秒嘴角扩张运动开始……

现在，空气湿润，阳光柔和，鲜花盛开，绿叶环绕，通体舒畅，内心满足。这样一个精致的下午，带着现在的湿度和温度会永远留在记忆中。这一刻，是我的“会安一刻”。

亲爱的Z：

记得你以前开玩笑说我像越南人，我来了才发现，果然像。

这里像我一样色彩丰富，对撞强烈。

不知道为什么，总是对殖民地文化感兴趣，可能是喜欢那种带着伤痛的笑。

终于，我的心也成为一片殖民地。

即使占领者已经离开，却仍然处处旧迹。

只能带着伤痛，继续上路。

M

最美的路

从会安坐车去顺化。4个小时的车程。路上经过岘港的海边路线，据说是美国《国家地理》杂志评选的一生值得去的50个地方之一。

海边公路并非没有见到过，“一生必去”到底是有多美呢？

正是中午时分，车开出去半个小时之后我就困了。眼皮挣扎了半天，可终究于事无补，只能脑子里惦记着“海边公路”沉沉睡去。

醒来时车已快到顺化了，望着窗外店铺和摩托车渐多的街道，我毫无遗憾。所谓“最美”和“必去”都是别人的定义，顺随自己当下的需求，才是最合适的选择。作为匆匆一瞥的过客，这段海边公路只是在心里留下一抹蓝白相间的亮色而已。对于这段公路的优美是没办法吹牛了，但是我也许可以吹牛，“我在一生必去的最美的一段海滨公路上睡过觉”。

从顺化坐飞机到河内，这里是越南这个狭长国度的最北端。街道上聚集着很多等客的三轮车。我按照在北京的习惯，挑了一个看起来最老的爷爷照顾生意，爷爷的英语水平和他的年纪成反比，关于价钱和目的地的讨论持续了很久，等我们双方皆大欢喜地抬起头来，发现周围的三轮车都已经拉了客人走掉了。

没想到的是，老爷爷的服务态度和年龄成正比，一路上既耐心又友善，各种街景和建筑的信息提供完备，并且在我对着某个漂亮的店铺惊呼的时候，适时地停下让我拍照。

因为是“Happy new year”期间，所以胡志明陵墓和纪念馆都不开门。好在我对这些地方也没多大兴趣，所以马上转身，继续赶往下一个景点。

河内的老城区充满生活气息，越南姑娘穿的奥黛、各国盗版DVD，做工精致、颜色艳丽的东南亚家居用品，各种小店鳞次栉比，我盘算着怎么能把尽量多的越南风情带回家，给干燥的北京增加一些湿度。

不寻常的告别

从河内飞广州的飞机是早上8点的。我5点起床，按部就班地退房、吃早饭、寄明信片，跟糊涂的前台小哥结账，一遍又一遍。酒店小哥经历了早起、算账等耗费脑力的活动之后已然恍惚不堪，以至于在听到我让他帮忙照相的请求之后，把镜头对准了在门口等待的出租车司机。被纠正之后，他无奈地对我说“I don't know”。

终于办妥一切手续，准备心满意足地跟这个国家说再见了。一路上各种感慨，回忆、写日记，深感旅程圆满。下车之前，我如梦初醒地大叫一声——“护照！”

是的，我没有拿回放在酒店前台的护照。

酒店的糊涂小哥被我彻底搞晕了，也忘记了这件事。

十万火急。

还好司机还在，我于是焦急地拜托他打电话给酒店，司机用我听不懂的越南话联系了前台之后，用我听不懂的英文对我说了一大段，看表情和手势，我猜，他说会找朋友送过来给我。

对于他的帮助，我深表感谢，但是心里又担心他会走掉，因为我不确认我们刚才互相听不懂的沟通是否有效。

我黏住司机这根救命稻草怕他离开，可是又没有话跟他讲，只能在目光相遇的时候尴尬地笑笑。过了一会儿，司机说要抽烟，要走到外面去，我没理由拦他，可是心里好没底。

经过一个小时的焦急等待。终于看到司机面带神秘微笑地走过来，从兜里掏出我的护照！一时间，中越人民之间的感情和信任达到前所未有的高度。我给了他相当于出租费三倍的费用。他憨憨地笑着接过钱，说并不知道越南盾合人民币的汇率，所以也不知道是多还是少。

亲爱的Z:

越南是一个花天酒地又伤痕累累的国家。

伤痕累累挡不住花天酒地。

但是花天酒地也抚慰不了它的伤痕累累。

每个旅游者都是过客，都只想领略它的花天酒地，对于它的伤痕累累轻描淡写。

所以，参观战争博物馆的脚步永远比参加party的脚步更匆匆；胡志明陵墓的不许探访丝毫没影响下龙湾的好心情。

其实每个人的人生都是如此，又何必揭开伤疤。

继续花天酒地也好。

M

Part Ⅶ >>>

西班牙 | 跳弗拉明戈的卡门

不期而遇的才是浪漫

从登上飞往西班牙航班的那一刻起，卡门在黄色背景下甩动着红色长裙起舞的情景就一直在脑海中翻腾，以至于对西班牙的印象就是一团奔放热烈的红色，不断地翩跹旋转。

其实我本来没打算去西班牙的，我办的是法国的申根签证。递交资料没多久，就接到不标准的英文电话，我还以为是打错了。原来是法国签证部的工作人员打来的，跟我核实具体信息。

听声音就让我想起法国电影《虎口脱险》里面路易·德·菲耐斯扮演的胖士兵，秃顶、红脸、大肚子，笑容可掬。

他问我为什么要去法国，我说因为法国浪漫。

他说你一个人会不安全吧。我说浪漫的法国不会不安全，只会增加浪漫的机会。

他说让你说得我觉得我如果不给你签证简直不浪漫。我说谢谢你给我机会验证法国人的浪漫。

然后，就拿到签证了。

拿到签证之后就不想去法国了。因为 3 月的法国太冷了。我心里面已经够冷，不想再去挨冻。我想晒太阳，想看热烈明快的弗拉明戈舞，想听让人热血沸腾的弗拉明戈吉他，想见热情奔放的卡门。

关于法签申根能不能去西班牙的问题众说纷纭。有人说亲身经历不让入境，也有人说没问题都这样办过很多次了。我像小马站在河边，看看小松鼠又瞧瞧老牛，无所适从，还是决定亲自去试一试。无论如何，红色的裙子在脑海中旋转，我被蛊惑得只能向前走了！

登上飞机之前，我在心里默默对法国签证官说了声抱歉。对现在的我而言，取暖比浪漫更重要。

当然，浪漫都是不期而遇的。

去西班牙之前，我去算了一次命。

人在无助的时候总是会想到鬼神。我的问题太多，关于过去，关于现在，关于未来，我在很多次无语问苍天之后，决定去问问算命大师。

我找这个大师算过几次。准过几次，也不准过几次，通常都是好的不准坏的准。

在我和前男友感情还很好的时候，大师就准确地预言了我们的分手。但是分手之后的桃花，却没有如大师之约出现。

这一次，我又去找大师，我想问问我和他有没有可能和好。

“不可能了。”大师斩钉截铁，“我在你们分别的未来里没有找到对方。不过你最近应该会有一次远行，有可能会有桃花出现。”

天哪！是说“有缘千里来相会”吗？我半信半疑地付了款。

有个好念想，总是好事。于是这一次，登上飞机前多了一些期待。

马德里的第一口滋味

《卡门》的书，《卡门》的电影，还有电影《情迷巴塞罗那》和“西归浦”陪伴我度过了这11个小时的旅程。

飞机终于在马德里降落了，机舱内照例响起了掌声。经过长途飞行的跨国航班，尤其是欧洲航班，每次飞机着陆总有掌声。飞机轮子接触地面的一刹那，悬浮的心也同时着陆，有一种回家的踏实感。这掌声代表对机组人员带来平安飞行的感谢，对同机伙伴共度旅程的感谢，也是对自己这一段生命旅程中的辛苦的奖励和顺利抵达的庆祝。

仅仅是几秒中的掌声，旅途中的疲惫得以缓解，机组人员会心微笑，机舱内群情鼓舞，热情高涨。人生应该需要多一些仪式感。其实人生每一天都有很多理由要为自己鼓掌。比如我，为我顺利糊弄过工作人员的盘问，进入西班牙国境。Hola（你好）！

坐地铁找到我预订的青年旅馆之后，在登记处等着前台姑娘给我办手续。一歪头，看到旁边墙上贴着各国背包客们留下的纸币和硬币，满满一墙，大部分我都不知道出处。

到马德里的第一站，先去吃著名的“油条蘸热巧克力汁”。太阳门广场方方正正，马德里标志性雕塑“吃树莓的小熊”在广场一隅。先在雕塑下驻足一下，算是拜了码头，然后沿着广场四周的小径散步，终于发现一个藏在小巷深处的小店。150年历史，专做“油条蘸热巧克力汁”。很难想象，一家小店只做这一种食物，可以经营一个半世纪之久。店面很小，里面几乎没有座位，只供排队购买，大部分座椅都摆在店外狭窄的街道上，很有生活气息。

油条，再配上浓稠的热巧克力，甜得让人兴奋，但也真心有点腻。还好店家给每份油条巧克力都配了一杯清水，用来稀释这密集的味觉刺激。

又热又甜，这就是西班牙给我的第一口味道。

在索菲亚，遇见自己

马德里是西班牙的首都，是“政治经济文化中心”，是的，所以它不够有趣，虽然它有大皇宫和三个著名美术馆。

在代表古典艺术的普拉多美术馆和擅长现代艺术的索菲亚美术馆之间，我选了后者。

索菲亚美术馆展示了西班牙现代艺术风格的转变历史，包括超现实、抽象主义，到二战后的前卫派，还有一些现代的绘画、摄影、装饰艺术。毕加索、米罗、达利的名字，是我唯一熟悉的。

有趣的是，除了他们，我还见到了《北京晚报》——2001年9月12日的《北京晚报》。有一个大厅展出了约二百个国家在这一天的报纸头版，全部都是对“9·11”事件的报道，但是所用照片、篇幅、标题、角度各不相同，比较下来很有趣。代表中国的，就是这一期《北京晚报》，粗粗浏览了一下，报纸头版上的“吗丁啉”广告可算是赚足了眼球。

另外一个有趣的展览是西班牙摄影师为6个月至100岁的101个人拍摄的肖像照。

101个人的人生，101年，用5分钟的时间就能浏览一遍。6个月大的婴儿是个女孩，她的眼神清澈安详，对这个世界充满期待，毫无畏惧。100岁的老人是个奶奶，她的眼神同样清澈安详，对这个世界心满意足，毫无畏惧。

人生果然是一个圆圈。从平静启程，其间经历的所有风浪都是为了重归平静。如果能怀着一颗赤子之心离开，那么终点便又成为起点，首尾相连，人生就圆满了。

走到中间，我找到了那个和我年纪相仿的照片，也是个姑娘。一头，一尾，一个同龄人，都是女性，就像是在看自己的一生。这个33岁的姑娘，穿着一件连体泳衣，坐在阳光斑驳的帆布椅上，嘴角含笑，眼睛里有故事。我看着她的眼睛，那一刻仿佛心灵相通。我很想知道，她在这个年纪的经历是什么，她有没有结婚，她幸福不幸福。

其实，所有的故事都不重要，只要有笑容就够了，不是吗？每个人经历的事情都不一样，但笑是最好的结局。

微笑，就够了

在西班牙，我每天接受和送出的笑容是在北京的10倍。笑，是他们的标准表情，是他们在听不懂我说的话、不认识我要找的路、不小心碰到我的身体，或者仅仅是在目光相遇时，给我的反馈。

没有人笑起来是不美的，所以这个国家到处都是帅哥美女，令人如沐春风。没有人会对面带笑容的脸出言不逊，所以我在这里十几天，从没看到过街头争执，每个人都轻盈松弛，安静有礼。

笑是因为相信对方的真诚美好，笑是对自己生活的一种认可，笑是一种不防备的友好，是一种开放的姿态。

对这个世界的友善是一种生活态度，得到的回报就是世界对你的友善。

每个社会和国家都有自己的问题，我只能说，在满是笑容和关怀的环境中，你是能够认为这里的人民更热爱生活的，你是会更能体会生活的乐趣的，你是会更愿意帮助别人更有安全感和归属感的。

送出笑容通常是因为收到笑容。我努力从送出自己的笑容开始吧。

很多人问我，一个人旅行，看不懂地图又不会说当地语言，怎么沟通又怎么找路？答案很简单，用这个世界通用的语言——笑啊！笑，加上肢体语言，什么都能搞定。

在西班牙问路是一种享受，也是一种沟通体验。每次看到非常漂亮的姑娘或者很帅的小伙子（你知道，在热烈浪漫的西班牙美人真的很多），我就去问路，即使没有迷路也没关系，再确认一下总是好的。

干净整洁的街道，碧蓝的天空，随处可见的喷泉和欧式建筑，在这些衬托下的美人们总是会让观者心生喜爱。就像看到电脑上的美丽图片一样简单地喜爱，并心生向往。你总是想再走近看一看，总是想跟他们发生一点点关系。你也想以某种形式参与到这幅美妙的图片里。仅仅是作为一个路人就够了，所以问路是最完美的方法。首先，你会收获他们的笑容，然后，你会得到需要的信息，而且，你们会有几分钟的沟通和频率共振。多美好！

美是生产力，也是推动力。所以每次问完路，我都像吃了蘑菇的超级玛丽，动力十足地继续向前。

我喜欢你的样子

索菲亚王后艺术博物馆对面就是火车站，我要去买明天去科尔多瓦的火车票。排在长长的队尾，我有点儿担心明早的票能不能买到，所以一直向前探着身子看。

售票窗口里坐着一个绝世美女！标准的西班牙美女，不仅美，而且有风情，像佩内洛普·克鲁兹。鬈发高高盘起，散落下来几根发丝随着动作轻摆。狭小的售票窗口盛不下她的美，我怀疑她是不是来体验生活的大明星。

这美深深地打动了我，我决定轮到我买票时先赞美她一下。可是下定决心之后又觉得紧张，她会不会觉得我很奇怪？

看到美的事物，然后毫无目的地赞美，算是奇怪之举吗？

排在我前面的人买完票走了。我面对着她，她的美毫无遮挡地冲到我面前，晃得我睁不开眼。“你好美，我觉得你好美！”我终于鼓起勇气对她说，“我喜欢你的样子。”

她稍微有点儿惊讶，但马上转变为开心的笑，“噢，天哪，谢谢你！”

看到她笑得那么灿烂，我也好开心。

“有什么能帮你的吗？”

“麻烦你，我买一张明天上午 10 点到科尔多瓦的火车票。”

“好……可是，抱歉，10 点的票没有了。”

“那么，其他时间呢？ 10:30？ 12 点前的都可以。”我有点儿着急了。因为我在科尔多瓦只住一晚，如果傍晚才去就几乎没时间游览了。

“明天上午的，都没有了，只有下午 2 点的了。”她很抱歉地说，仿佛做了对不起我的事。

我的失望溢于言表。

“但是，等等，我再帮你想想办法。”她显然也替我着急了，便又在电脑上忙碌地敲击着。

“亲爱的，上午 9:30 的那班正好有一张退票，你可以吗？”她突然抬头，面带喜色地问我。

“可以，当然可以！”我开心地大声回答。

“那太好了，就是这张了！”她把票递给我，带着如释重负的表情说，“祝你玩得开心！”她又笑了，像一朵花。

我拿着票走出火车站，阳光正好。我抬头看天，给了耀眼的太阳一个笑容。

如果一开始我没有赞美她，也会顺利找到这张退票吗？

我不知道。

但是，彼此愉悦的环境的确有助于好的事情发生。就像游轮上的Jack说的，同频共振，积极的频率吸引积极的事情。

家庭旅馆的怪“蜀黍”

我在马德里住的是个家庭旅馆的单人间，位于一栋居民楼的二层。旅馆一共十几间房，由一位四五十岁的大叔看管。第一眼看到这个大叔，就想逃——倒退着走到门口，然后拔腿就跑的那种感觉。其实仔细看，他并没有什么真正的残疾，但总是让我想起《巴黎圣母院》里面的敲钟人。他矮个子，稍微有点儿驼背，稍微有点儿跛脚，眼神也不太好，并且永远表情阴郁，总之综合起来，神似卡西莫多。

但是这家旅馆是我找了马德里街头很多旅馆之后，唯一有空房的。我是说，价格合适，而且有空房的。行李很重，我出了很多汗，20欧元的价格又真是很有吸引力。我于是硬着头皮，拿出埃斯梅拉达的勇气走向他，心里鼓励自己，“雨果先生写《巴黎圣母院》的目的就是为了教育我们不要以貌取人，卡西莫多其实是整出戏里最善良的人，你忘了吗？”

我跟着“卡西莫多大叔”穿过长长的没有灯的走廊，终于走到属于我的那间房，我刚把他送走，就惊魂未定地关门、上锁，又转了转门把手确认之后，终于放心地把行李扔到床上，松了一口气，准备上个厕所。

可是，厕所的灯是坏的！

这个厕所没有窗户，不开灯的话就很暗。现在是下午情况还好，如果是晚上让我一个人上这个没有灯的厕所——太刺激了，我一定要找人把灯修好！

可是，去把“卡西莫多大叔”找回来，也同样非常刺激。

别无选择。

10分钟之后，我战战兢兢地坐在狭小的单人间的床上，看着“卡西莫多大叔”笨拙地拿来梯子，准备开始修灯。房间里悄无声息，气氛诡异异常。我让房门大敞着，随时准备逃跑，脑子里盘算着应该顺手抓起哪件行李。

这时看到他腿脚不便地爬上梯子，努力贴近灯泡的样子，突然一瞬间觉得很感动。他多像我小时候胡同口那个修自行车的有风湿病的张爷爷啊！只不过张爷爷总是笑着跟我聊天，他却不苟言笑罢了。

我觉得自己应该像小时候给张爷爷帮忙一样，过去给“卡西莫多大叔”扶住梯子。可我还是给自己找了一个“卫生间里太狭小，无法同时容纳两个人”的借口，坐着没动。

他毕竟是个大叔，又不是爷爷。

没过一会儿，灯居然被他修好了！“卡西莫多大叔”头也不抬，甚至连看都没看我一眼，扭头就走。我再一次把门关上、锁好，确认后，才放心地收拾东西，然后战战兢兢地上床睡觉。

第二天一早，我从梦中微笑着醒来，做了什么美梦都忘掉了，但赖在床上满心的踏实，昨晚的“恐惧”早就一扫而光了。

亲爱的Z：

天哪！我可真爱这个国家，因为在这里我每天都在笑。

有谚语：“爱笑的女孩子，运气不会太坏。”

可惜我今天才知道这句话。

如果以前我不是总跟你抱怨，而是多笑一些，也许我们的运气都会更好。

M

沉默的向导

我坐的长途旅行车途经科尔多瓦，但并不是终点。而车到每一站都完全没有站名显示，司机也不报站，当然，报站我也听不懂。所以搞清楚在哪里下车对我来说是个挑战。

我在车上找到一对带着小孩的中年夫妇，拿旅行书上的地名给他们看，希望他们到了这一站能告诉我一声。他们用西班牙语回答我，说得声情并茂，我则一脸茫然。然后，我们彼此都失望地笑了。他们听不懂英语，而我不懂西班牙语，所以我们是完完全全无法沟通。但是，他们并没有就此放弃——至少英语的 sorry 他们还是会说的——还是在努力地想办法把信息传达给我。还好，我们是有表情有动作的人类。经过一番“张牙舞爪”的沟通，我们终于达成一致——他们会在到这一站的时候提醒我下车。虽然彼此不能理解，但还是固执地说着。于是，交流在一句英语、一句西班牙语之间，用语言之外的方式进行着。

西班牙夫妇坐在车的前方，我坐在车尾。每次车即将进站我就开始紧张，那对夫妇中的妻子总是适时地转过头来，用笑容和摇头告诉我：不是这站。然后，我用笑容和点头告诉她：谢谢。

六个小时之后，我终于看到那个胖胖的慈祥的妻子对我点头了。我拿好行李，拥抱了她，然后在这个没有任何标识的小站下了车。

独自旅行的很多时候，我都像一个被扔在街上的盲人一样，身边都是陌生的人和陌生的世界，这时候只能选择相信，相信走过来给我答案的第一个人。

我遇到的每一个人，都用他们真挚的热情帮助我，把我一步一步送到目的地。

我记不住他们的样子，甚至除了谢谢一句话都没有说。但是在我心里，想到他们的时候永远是感激和温暖。

一路之上，所有的交流都是温暖，像积攒的散碎金银，是记忆中的丰富宝藏。

会迷路，会紧张，会无助，会担心，会因为东西太沉脚步太重，但是这些时候，正是需要勇气和坚强的时刻。在我们太习惯需要一切都向外寻求帮助的时候，向内看，和自己对话，才是最重要最有意义的。

嘴巴在说的时候，脑子里通常停止思考。

给嘴巴一些休息的空间，脑子进行思考和感受，才是旅行的意义。

科尔多瓦的蓝

科尔多瓦像是一个大花园，这是我去过的西班牙所有城市里颜色最明快的一个。蓝天的映衬下，到处是鲜花。窗台上，房角下，自不必说，热爱生活的科尔多瓦人更把鲜花挂在了墙壁上，仅容两人通过的狭窄的小巷，墙上也挂满了花。普通的白墙壁，普通的陶制花盆，普通的绿叶红花，传递着不普通的生活情趣。科尔多瓦老城区更像一个小镇子，蜿蜒的石板路，几个小时就能逛完的街区，老房子和悠闲的游客。来到这里，像是回到外公家的花园，亲切又随意。

小镇的中心地区是一个大寺院，所有的房子以它为中心环绕。这也是一个大地标，所有对问路的回答，一律会提到这个寺院。我在小镇里几次迷路，也都是重新回到寺院做起点，然后再次找返回的路。

我肩背一个“著作等身”的旅行包，手提一个大包，在寺院周围的小巷里穿行了很多遍。看地图、找路、找方向，这些功能在我身上进化的程度还不够，一直是我的软肋。所以，当我想找一个地方的时候，通常不是靠地图和理性，是靠心和感觉。

功夫不负有心人，终于找到旅行书上推荐的青年旅社，门口有露天咖啡座，还有一

个很帅的流浪吉他手在唱歌，一切如此完美。我兴高采烈地走进去，两分钟之后又垂头丧气地走出来——没有房间了。

可想满身大汗筋疲力尽的我，听到这个消息时是多么失望。我很想对着前台服务员撒娇、耍赖、发脾气、装可怜、软硬兼施、死缠烂打，但是，我知道没有用，没房间就是没房间，这个事实不会因为我的不开心而改变。这不是闹情绪的时候，也没有人会因为我的情绪而对我有所迁就。

外面的世界改变不了，也就只有接受了。

撒娇耍赖闹情绪只对在乎我的人有用，这里没有人在乎我。收起那一套吧！

我本来已经把沉重的大包卸到地上，现在又重新背起来，准备挨家挨户地找，气泄了一半。还好，街道的景色非常美，所以即使露宿街头我也甘愿。

最后找到的这家客栈我非常满意。有一个庭院，庭院里有高高大大的绿色植物。地砖和墙用细密整齐的对称彩砖做装饰，白色的墙壁上挂满了手绘的瓷盘。因为白墙和瓷盘的关系，隐约又有一些中式风格，清新幽静。原来这就是之前那家青年旅社没有房间的缘故——有更好的给我，呵呵，谢谢“小宇”！

旅行的意义

庭院是这里的特色，家家都有。有点儿像四合院里面中间的大院子，科尔多瓦的住户会在庭院里种植物，布置桌椅，招待客人喝茶。总之庭院式装饰是很实用的场所。科尔多瓦有很多著名的庭院供参观，并且每年都会举办庭院评比，大家对庭院的喜爱可见一斑。

趁着下午阳光最美好的时候，我带着“西归浦”一起参观了科尔多瓦城的皇宫和公园。公园里有标准的长方形水池。水池边鲜花盛开，有喷泉把水从两边吐向中间。游人并不多，三三两两地边晒太阳边低声细语。景色本身并不十分惊艳，却自有其恬淡舒适之处。那种美好的感觉很难描述，即使现在想来都心旷神怡。

这就是旅行的意义，并不是观赏景色，而是把当时所有的情景和状态当作一个整体去感受。如果只是看照片，并不会觉得这座建筑有什么特别。但是置身其中，总有特别的感受打动你。也许是太阳照在喷泉上的小小的水滴彩虹，也许是路边西班牙游客美丽的面庞，也许是承载了几千年历史的墙上刚刚落脚的那只白色鸽子……这些很难描述也很难理解的细节和每个人以往的经历结合，经过感觉的发酵，挥发出一种只属于自己的独特的感动。

旅行，就是带着这些感动，滋润心灵，一次一次地重新定义这个世界，以及你自己。

一个人旅行的时候，想给自己留影是件麻烦的事情。但是在西班牙，我已经习惯了，只要举起相机自拍，总会有人主动上前问我是不是需要帮忙。在这里，同样如此，又有一个绅士来拯救只能通过自拍拍下半个大脑袋的我。

他体贴地问我想拍什么样子的，我先拍了个空镜给他看。我对着太阳微笑，他说抱歉，阳光从后面照过来，把他的影子投在了我身上。我说没关系，就当是我们两个的合影好了。于是我的裙子上，多了一个黑色的装饰花纹——那是他拿着相机的手影。

流浪歌手的情歌

从夏宫出来，为了呼应此时的愉悦心情，我允许自己奢侈一下：买了一个大大的冰激凌，左一下右一下地歪头舔着，吃得全神贯注。前面传来歌声，我一路歪着头找过去。

正在唱的歌曲是 Beatles 的《Let it be》，一个鬈发的小伙子坐在寺院外面的台子上，抱着一把吉他，前面是打开的琴套，有散落的硬币在里面。很多人走过，驻足，欣赏，放几枚硬币，然后走掉。我没放硬币，我也没走掉。我一直呆呆地站在那里听，手里举着的冰激凌化了，滴在地上，画了一个小小的圆圈。

我跑了两步，把冰激凌扔掉，然后又跑回来，坐在他旁边。

手上沾着化掉的冰激凌又黏又甜，我边听歌边偷着舔手。

现在唱的是 James Blunt 的《You'r Beautiful》，他抬起头，看看我，边唱歌边对我笑笑，然后扭过头去。

这首歌我曾经很多次努力地学习过，也曾在演唱会上亲耳听到 James Blunt 演唱过，并且在他演唱的同时，我后排的一个男孩当场拿出戒指向女朋友求婚。当时我激动地为他们拍下照片，在演唱会后要到男孩的 E-mail 把照片发给了他。

在一个如此美妙的镇子里，夕阳照在寺院外墙大片的金箔上，反射出金黄色的光，熟悉的旋律和美妙的歌声，我陶醉在这个梦幻的氛围里。

“我们见过。”唱完最后一句，男孩转过身来，对着我说。

我有些发蒙……

“刚才你是不是去了那个青年旅舍？下午我在那里唱歌。”

啊，我突然想起来，青年旅社前面的确有人唱歌，我当时又累又急，没有注意到是他。

“我叫 David。”他对我伸出手来。他的头发卷成一团，一看就是很久没有剪过了，戴一副眼镜，很纤弱的样子。

“你唱得真好听。”我伸出带着冰激凌的黏黏的手。

“是吗？那我唱一首送给你。”David 说。

他说了一首歌名，我表示没有听过。他说，那么 The Door 的《Light My Fire》怎么样？

我拼命地点头，把满心的欢喜都用点头的动作呈现出来。

这首《Light My Fire》是我前男友以前非常喜欢的一首歌，他用其中的歌词给我写过情书。“Come on baby, Light my fire……（来吧宝贝，点燃我……）”

David 拨动琴弦开始唱起来，太阳马上就要落山了，红得像火。

“Come on baby, Light my fire……”

我在他旁边轻轻地和着。太阳已经落在心里，点燃了我。

他转过头，用力地看着我的眼睛，整首歌都看着。我直视他的目光，眼睛里面都是笑。

路过的人还在往琴套里面扔钱，还有人在一旁鼓掌。不知道当时的场面看起来是什么样子，一个男孩对着一个抱着熊的女孩唱歌，很动人还是很奇怪？那时候的我已经完全沉醉在歌声里，只记得自己当时的感受，对周围的整个场景却没有任何印象。

然后，他说带我去参加朋友聚会。我毫不犹豫地答应了。

我们一起穿过小巷，他说他是意大利人，已经出来旅行三个月了，每天睡帐篷，用街头的水龙头或者喷泉里面的水洗脸。靠弹琴唱歌为生，居然够养活自己。

“我有存款。”他跟我解释道，“可是我不想花，我想试试这样能不能生活。”

“为什么要旅行呢？”

“因为我喜欢地理，我以后想当地理老师，但是我不希望给学生讲我没去过的地方，所以我想用双脚走过尽量多的地方。”

“你为什么一个人到这里来？”

“我失恋了。”我对他没有任何戒备。

“那这只熊是怎么回事？”他指向“西归浦”。

“一个人太危险了，所以我带了人陪我。”

他笑了，“你需要一个男朋友。”他说。这时候太阳已经落山了，可是他眼睛里面有光在闪。

继续往前走，他给我讲起他住帐篷时被男人骚扰的经历，惟妙惟肖，我们放声大笑。然后讲到彼此喜欢的音乐，我给他讲我听 James Blunt 演唱会时，在《You'r Beautiful》那首歌有人求婚的事。

“如果现在我向你求婚你会答应吗？”他忽然停下来，看着我。

“别开玩笑。”我有点儿不知所措。

“我没有开玩笑，我看到你第一眼就非常喜欢你。”他结结巴巴地说了很多情话，说他被我的笑打动了，说我看起来非常干净，说他从来没有这样给女孩唱过歌，说我非常美丽。

天已经黑透了，路灯唰地同时亮起来，我站在一条陌生的街道里，听一个陌生的意大利人跟我说陌生的情话。

这个浪漫得我到现在回忆起来都觉得不够真实的时刻，点亮了整个科尔多瓦城。这当然，也是我的科尔多瓦一刻。

一切太梦幻，我宁愿长醉不愿醒。

巷子里有个邮局，我让 David 等我一下，闪身进去。

亲爱的Z：

刚刚有个男孩给我唱了那首《Light My Fire》，我从没想到还能从别人那里听到，好开心。但是想到，也许你也会把这首歌再唱给别人，又有点儿难受。

歌是好歌，但是每个人唱出来大不相同。

就像爱是好爱，但是每个人的爱，大不相同。

你的歌和你的爱，我再没机会感受。

M

午夜，情迷波特罗广场

晚上的聚会在寺院北边的波特罗广场，他的朋友有好多人，都是他到这里之后才认识的。我只记住了一个在这里上学的英国数学男和法国西班牙语女。大家一人一瓶啤酒，一小块比萨饼，轮流弹吉他、唱歌，英文歌、西班牙文歌、法文歌，抱歉，没有中文歌。我不会弹吉他，又没有人听过《茉莉花》。点起一支烟，一圈人轮流吸。后来我才知道那是大麻，可是我对它没有丝毫的感觉，也许是因为 David 带给我的眩晕，远胜大麻。

“你有 facebook 吗？”这是我在旅行中面对最多的尴尬问题。我不想告诉他们我的国家上不了，于是我只好开玩笑说我有 face，我也有 book，可是我没有 facebook。他们大笑，说你真有趣。

在广场上仰头，看四方云天，彩云遮月，旖旎变幻，真是一个美好的夜晚。

凌晨两点，他们的聚会要换到另外一个朋友家继续。我执意回去，David 送我。路过一片商铺中间的空地，他指给我说那是他这两天搭帐篷的地方，让我拍照。经过一天的旅途劳顿，我已经困得神情恍惚，麻木地拍了照接着走。

David 一路话很少。到了旅馆门口，他叫住我，说他约了车后天开车去塞维利亚，问我要不要一起。我说好啊好啊，哎呀，可惜我已经买了明天的大巴车票，所以不能一起了。

“把车票退了，我们一起去。”他说。

“不行啊！”我摇摇头，困得没精打采。

“那……”他犹豫着问，“我能抱抱你吗？”

“嗯，可以啊！”我伸手主动抱住了他，虽然他是风餐露宿，可是并没有任何令人不悦的味道，只有烟味。他用力抱了抱我，然后有节制地放手。

“你可以给我写信吗？”他说。

“当然了。”我已经困得没有思想了。

他摸出笔，给我留下邮箱，我便把它夹在《孤独星球》里。

告别。他站在门口目送我。

我一回到房间就睡到人事不省了。

你是谁的唯一？

第二天 11 点才醒，不知道是闹钟没响，还是我根本忘了上闹钟。

我一下子从床上跳起来，我不但错过了寺院每天上午的免费时段，而且我连寺院上午的开放时间都错过了，只能等到下午两点开门了。但是我买的是下午 3:30 的大巴票，所以时间会非常紧张。

我打算先出门去看看旅行指南上推荐的那家“最美的庭院”。

走出门去，看到寺院，看到昨天 David 唱歌的地方。我突然意识到，我很想他。

科尔多瓦的天蓝得令人炫目。我围着寺院转了好几圈，想在小巷里寻找到他的歌声。

可毫无踪影。

庭院里也没有。

地图也看不懂了。

路人的“西班牙式”英语听得我头晕。

我放弃了，我决定找个美好的地方好好享受一顿午餐，去他的旅行指南推荐。

距离开这个城市还有三个小时，怎么度过它我说了算。

我跟着感觉来到一个餐厅，这里是三条街道的交汇处，视野开阔，布置精致，一派欧式田园风。我点了意面和薯条，还有可乐。在科尔多瓦，矿泉水要 1 欧元一瓶，可乐更贵，所以这算是很奢侈的享受了。

科尔多瓦的云彩形状很特别，一波又一波泛散开来，我觉得像水波纹，有人说像“妊娠纹”。蓝天、白云和阳光，在西班牙不算天气，算建筑。因为天气会变，而蓝天、白云和阳光从来不变。我在西班牙的 20 天里，连一天阴天都不曾碰到过，更不要提其他天气变化了。所以有的时候我居然有点儿“同情”西班牙的人们，在他们眼里的天空，单调得只有碧蓝这一种颜色。而来自北京的我却有幸见识过不同深浅的灰色和黄色的天空。

街上游客不多，每个人都是怡然自得的神情。康德说："美是一种无目的的快乐。"这用来形容我此时的心情最恰当不过。旅行书上的建议只是别人的经验，事实上，我们每次旅行都会意外得到很多旅行书上没有的享受，所以放弃旅行书上所谓的景点有何不可呢？能够认真地过好在这里的每一分钟，无论去哪里，都能感受到发自内心的放松和快乐，这才是最重要的。

我曾在科尔多瓦很认真地想要留下来。比如可以上学——昨晚聚会上有两个人都在科尔多瓦大学上学，他们一定会帮我；或者打工——任何一个餐馆都不会拒绝一个拥有正宗神秘东方笑容的女招待吧，更何况我还可以时不时地露一手西红柿炒鸡蛋和酸辣土豆丝。

我太喜欢这里了，可……可终究"留下来"的计划一次也没实施过，因为我们都期待下一段旅程的开始。

下午两点，寺院终于开门了，排队 20 分钟买到票，才得以进入这座伟大的寺院。

《孤独星球》上面的介绍：很难用语言描述它的美丽，它是西班牙最为美丽的建筑之一。我对此深表赞同。想描述它的确不是一件容易的事，那会变成很多形容词的堆砌。壮观、宏伟、深邃、神圣……这些司空见惯的形容词说出口是很容易的，可是真正体会到这种震撼时的感受和那些词语是无关的。

语言只是指向月亮的手，但是无法代替对于月亮的感受。如果想要领会这种建筑风格的极致，科尔多瓦相邻的格拉纳达的阿兰布拉宫，也是强烈推荐的。

时间有限，我在寺院里能做的就是不断拍照留影。所到之处，都值得在心里默默用脏话惊叹一番。这无比精细、繁复、又恢宏大气的所在啊！

对上帝来说，最重要的是在他的信众心中，他是唯一而且至高无上的，那就够了。“上天堂”的名额，上帝只给信他的人。对我来说，最重要的是那些关心我、在乎我的人。而对于已经不再爱我的人，再付出一分一毫都是没有意义的。

“不能为了一个已经不在乎你的人而伤害爱你的人。”这是一个朋友劝我的话。

习惯性迷路

出了寺院，要赶快拿到行李去赶车。我走过科尔多瓦几乎完全相似的每一条小径，也没有找到我的旅馆——我又迷路了。

时间快要来不及了，我瞪着眼睛在迷宫里乱撞，一会儿抬头看路，一会儿低头看表，一会儿倍感绝望，一会儿心存侥幸。

我没有方向感，而且不记路，迷路是常有的事。即使在北京，也经常坐过站，走错路。对此我很坦然，每次发现之后，都像见到老朋友一样，亲切地问声好：“今儿个又迷了，得嘞，那我多遛遛，到对面再坐回去，回见啊您！”然后，平静地问路，找车，重新来过。

对于迷路这件事，我已经“认命”了，不迎不拒，也不会因为它而减少出行或者旅行。这只是我一个傍身的特点，不用沮丧，其实迷路的过程也很有趣。既然是旅行，什么叫“目的地”，什么又叫“迷”，走到哪里看到哪里就好了。

而且，最让人安心的是，每一次迷路都一定能找回我想要去的地方。无论时间多紧急，环境多险恶，最后总是能顺利解决。在最后关头甚至会跳过中间步骤直接到达终点。这很神奇，我无法解释。每次都是跟着感觉走。

这一次同样如此，最终，我不是用理性，而是用感觉找到了我的旅馆。我分明觉得这条路刚才走过，但是绝没有这家旅馆，现在却赫然出现在眼前。所以我简直怀疑是不是善良的“小宇”实在看不下去了，不耐烦地随手把旅馆搬到我眼前来拯救我。

无论如何，我终于按时找到旅馆，取行李、结账、离开。走出小巷开始狂奔，找镇子的出口。一个路过的老奶奶拍拍我，指指地上，我低头一看，是我的一支笔掉在地上，再一扭头，原来刚才结完账放回钱包之后，双肩背包的拉链一直没有拉回来，背包张着大嘴一路跟着我到处跑。只是掉了支笔，实在是便宜我了。我道了谢，捡起笔，拉上拉锁，接着跑。

这是我此次西班牙之行掉的唯一一件东西，而且还被老奶奶提醒捡了回来。这真值得庆幸。在北京马虎到一分钟就能丢掉一打手机的我，在一个人旅行时，却因为足够紧张，所以什么都没有给他们留下。

终于跑到镇子的出口，却一辆交通工具都没有。只有一辆供乘客拍照用的中世纪风格的马车停在路口，一匹估计很久都没有机会跑过的老马，一边看着气喘吁吁的我，一边悠闲地甩着尾巴。

难道我要赶着马车去大巴车站吗？附近也没有车夫啊！

时间就快来不及了，我却拿着三个大包站在空无一人的路口琢磨着怎么驾驶一辆马

车。此情此景，我还没决定好要开口痛骂，还是开口乞求的时候，远处一辆打着灯的出租车，不紧不慢地开过来了。

我扑向出租车，差点儿就要亲到开车的西班牙爷爷。

一路上，司机一直用西班牙语跟我聊天，虽然一句都听不懂，但是我说了很多个“格拉西亚斯”——我跟David学的西班牙语“谢谢”。这不仅仅是对西班牙司机爷爷说的，更是对仗义出手的“小宇”说的。

终于赶上了就要发动的大巴车，我坐在座位上喘着气，同时看向窗外不存在的David，向他默默道别。

六个小时的朋友

我想起David留给我的写着E-mail的地址，翻出《孤独星球》却没有。昨天明明记得随手夹在里面的，可是没有，怎么抖都没有。一定是下午离开旅馆时走得匆忙，掉在地上或者丢在房间了。

一股沮丧袭来，我真的丢了他。

无论那些情话是真是假，他在弹琴唱歌时，我们彼此凝视的眼神却是真诚的感动，我对此毫不怀疑。即使只能拥有这么多，我已经非常感恩。

那个意大利男孩，在那个时刻唱的那一首歌，只为我。就像《阿飞正传》中张国荣对张曼玉说的：1960年4月16号下午3点前的一分钟你和我在一起，因为你我会记住这一分钟。从现在开始我们就是朋友，这是事实，你改变不了，因为过去了。

已经发生的事情永远无法更改，我曾经拥有的三年幸福时光也是如此。永远在彼此心里，谁都拿不走。

事先安排好的塞维利亚的旅馆，以及为了避免麻烦提前买的这张返程车票，让我心里觉得踏实，但是也让我今天赶时间弄得鸡飞狗跳，而且，错过了和David一起开车去塞维利亚的机会。

提前安排好的行程，就像预先规划好的人生，有安全感，却失去了任何其他的可能。提前安排不仅规避了风险，也规避了惊喜和刺激。

有多少人是按照父母的规划，上学、考热门专业、找稳定工作、按时结婚、按时生孩子，过和别人一样的人生的？这样的人生很好，代价是失去了“更好”的可能。

为了避免“更坏”，而选择“一般好”，这是大多数人的选择，也是最安全的选择。只要这个选择是你自己心甘情愿作出的，就没有问题。我认识一个喜欢美术、却因为父母的要求学了会计的姑娘，也认识一个喜欢写作、却被迫学医的姑娘，她们现在的生活的确很踏实，但是放弃梦想的遗憾和追求梦想的冲动，却令她们的“踏实”成为冰山一角，无力地按压着下面的“不踏实”。

让我们提前作好规划的是“不安全感”，是恐惧。怕找不到房，怕买不到车票……但是，只有做到随遇而安，才能随心所欲。如果相信“一切都是最好的安排”，坦然面对所有生活情境，也许就能邂逅更多惊喜，看到更多旅行书上没有的风景。

亲爱的Z：

我又迷路了。

以前每次迷路都习惯性地打你的电话。

终于，我没电话可打，只能靠自己了。

即使迷路，也要继续向前走。

最好的地方是没去过的地方。

最好的时光是即将到来的时光。

也许，最好的爱人，是下一个爱人。

祝福你，也祝福我自己。

只要没死，就继续走吧！

M

甜蜜美梦

西班牙南部的安达卢西亚地区是吉卜赛人聚集的地方，也是弗拉明戈的发源地，安达卢西亚的首府是塞维利亚，塞维利亚有一个烟厂，烟厂曾经有一位女工叫卡门。

她就是我来塞维利亚的原因。

到了塞维利亚的汽车站，我叫了一辆出租车。司机是一位非常强壮的小平头，戴帅气的蛤蟆镜，胳膊和胸部的肌肉在衬衫下鼓鼓的，不会说英语。我给他看我要去的地址，他表示大概知道，但是不确定。知道大概就好，那就先走着。车开了半个小时了，司机渐渐显出焦急的神情，我猜他是找不到路了。找不到路就有点儿着急，一着急就容易出汗，一出汗，小伙子就把衬衫袖子撸到了腋下，然后我就看到——满满一胳膊的彩色文身！

如果是在北京，我一定会很欣赏他的文身，会赞他“Nice”。但是坐在陌生城市出租车狭窄的副驾驶座位上，又看到他牛仔裤上垂下的粗粗的金属链子，脑子里只有关于黑社会的若干负面联想。无论如何，听天由命吧。

眼看着车开入热闹的老城区，文身青年仍旧左顾右盼地找路，我在一边束手无策，连他能听得懂的话都说不出一句。终于，他把车停在路边，跟我要来写着地址的纸条下车去问路人。回到车里继续开，并未显露出“恍然大悟”的神情。开了一会儿，又下车问了一次，然后再一次，车穿行在弯弯曲曲的小路之间，终于停了下来。我四顾，只有墙壁，没有旅馆。

文身青年表示：“就是这里了！”我疑惑，努力用表情写出问号。

终于见到了他的正面，胸前领口上方的文身也“满园春色关不住”。

他见我不下车，走下车去，打开后备箱，拿出我的行李，我没办法，只好跳下车跟着他，心里只有听天由命的无力感。他拐入小巷，我不知道那边等着我的是我预订的那家叫作“甜蜜美梦”的旅馆，还是吉卜赛首领的大帐篷。

不一会儿，一座小小的塔出现在眼前，那是一个很小很小的广场，在广场左边——谢天谢地，我的“甜蜜美梦”小旅馆不是梦，白色的墙壁上，盛开的合欢花就像拉拉队一样欢迎着我。

这里的建筑都有几个世纪之久，街道非常狭窄，车辆很难穿行，所以司机才会帮我拿着行李，把我送到这里！

我恍然大悟，分别用英文和西班牙语各说了好几遍谢谢。付了车费，我指着他胳膊上的文身，竖起大拇指，大声地说："Nice！ Beautiful！"

文身青年笑了，对我说："格拉西亚思！"

生命诚可贵

去卡门烟厂，居然带着一点儿朝拜的心情。

其实卡门烟厂原名叫作安提瓜烟厂，建于1750年，曾是整个城市的支柱。靠想象也能知道，烟厂里曾经有的四百多名年轻貌美的女工，在城市里是一道怎样的风景。

卡门烟厂现在已经被改建为一所大学，塞维利亚大学的法学院。只有学校围墙上的一块手绘瓷砖铺就的牌匾上还依稀留有烟厂的痕迹。

卡门，是敢爱敢恨，狂野放荡，不受约束的极致。学校，是知书达理，温良恭俭，学习规范的场所。把卡门烟厂改建为学校的主意，有点儿像在"9・11"遗址上建教堂。

烟厂，或者大学，是一座位于护城河旁边的建筑，建于18世纪，很大很漂亮。拿着书本的学生之间已经难觅旧事。几个主动过来搭讪的男生把我错认为学妹，当然，也许是学姐，无论是学姐还是学妹，这个甜蜜的误会都让我心情超好。学生们三三两两地坐在学校的草坪上晒太阳，我也坐下来，体会着一砖一瓦间的卡门遗韵。

“要么杀了我，要么放了我，我不爱你。” 这是卡门对荷西说的最后一句话。走投无路的荷西只能用终结卡门生命的方式来终结她对别人的爱情。虽然荷西杀了卡门，但他显然失败了，他只能毁灭卡门的身体，却无法毁灭她的自由。卡门虽然死了，但是她高昂的头颅永远是“自由”两个字的不灭灵魂。

古今中外的文学史上，贤良淑德的贵妇非常多，能让人记住的却很少。卡门，这个妖冶的荡妇，却用一捧滚烫凄美的鲜血，泼洒在每个人心中，热辣鲜明地存在着，就像她曾经带给荷西的爱情。

卡门有一种极致的邪恶的美，她有过很多男人，男人们为她入狱，为她走私，为她取下斗牛头上的鲜花，为她杀人，却没有人能永远得到她的心。她不忠于这些男人，因为她忠于爱情。爱情不是某一个具体的人，而是一股冲涌于内心的激情。

爱情消失了，她就离开。她永远忠于自己的内心，真正活出了完全属于自己的极致的生命。

为爱情生，为自由死。

卡门的一生，没有一分钟是浪费在别人身上的，没有丝毫感情是浪费在迎合外界上的。她只对自己负责，她要百分之百的自由。不自由，毋宁死。

这样的生命，无论长短，都是有价值有意义的。

卡门知道，如果她说出真话，荷西一定会杀了她。但是她还是勇敢地告诉他：“我已经不爱你了。”她从不虚情假意，从不苟延残喘。她全身心地爱着这个世界，用自己的生命。她是一名昂扬的斗士，与所有的束缚作战。

这就是卡门的世界，真诚热烈，爱恨分明，忠于自我，自由至上。

没有人能永远得到卡门，但是在得到的时候，便是完整的得到。

没有人能永远得到卡门，但是卡门能得到她想要的任何人。

其实卡门的魅力，并不是她的面容之美。她也并非故意以妖冶示人。世界上没有人值得让卡门曲意奉承，低头取悦。她只是在做自己，尊重自己，忠于自己。正是这种肆无忌惮做自己的人生态度，才是她迷倒众人的魅力所在。正因为她的毫不在乎，才让别人对她无法停止地在乎。正因为她不可能被人长期拥有，所以男人们才会拼了命发了疯地想要拥有她。

这正是爱情的有趣之处，也是人性的悲哀之处。

在生活中，有太多人要靠爱人的认可才能接受自己，她需要对方的爱，是因为没有爱给自己。她需要通过对方来爱自己。所以，书上都说“先爱自己，然后才会有人爱你”；所以，我才会在恋爱三年之后，失去他。

其实不怪他，是我先失去自己的。

没了自我，让他去爱谁呢？

下午5点，塞维利亚法学院门前的草地上，太阳照进我心里，醍醐灌顶。

谢谢你，卡门！

若为自由故

“他出生在塞维利亚，一座有趣的城市，那里出名的是橘子和女人——没有见过这座城市的人真是可怜。”歌剧《唐璜》开头的唱词是西班牙塞维利亚最好的广告。

除了卡门烟厂，塞维利亚还有西班牙最古老的斗牛场，皇家骑士斗牛场，也就是荷西杀死卡门的地方，还有大教堂和希拉尔达塔，还有美轮美奂的阿尔卡萨尔城堡，这些建筑恢宏壮丽，美得叹为观止。

但是，不仅仅是这些。

塞维利亚的魅力另有其他。

塞维利亚的名人，除了卡门、唐璜之外，还有在监狱写出《唐·吉诃德》的塞万提斯，从这里四次扬帆，并长眠于此的哥伦布，以及经常活跃在“四只猫”餐厅的毕加索。

放荡妖冶的妇人，周游世界的登徒子，行侠仗义以长矛斗风车的疯子，扬帆远行开拓疆土的探险家，颠覆传统、建立新画派的画家……塞拉维拉的艺术人物，全部都充满了丰沛的生命力，具有独特的人格魅力，富于创造力，绝非典雅端庄的典范，却是不拘泥于传统，忠于自我，活出生命极致的独一无二的个体。打破，颠覆，创造，重建，他们不断探索更多的领域，更多的可能性，更丰富的表达方式。他们每个人的生命，都令世界发生改变。

也许是吉卜赛人自由不羁的民族性使然，也许是基督教和伊斯兰教两种文化的冲突和统一的结果。这富饶丰满的文化土壤，正是塞维利亚的魅力所在。

亲爱的Z:

忠于爱情，且只忠于爱情。

用全部的生命力去活出自己，享受所有美好的东西。

自由是生命最大的意义。

每一分钟都要花在值得的事情上。

让自我像野花一样蛮横地存在，抖擞花枝，恣意绽放……

我脑子有点儿乱，可是我好像明白了。

谢谢你。

M

干杯！

第二天傍晚的时候，我去街上吃饭。街边的小教堂里一场婚礼刚刚结束，新人的亲友们一起走出教堂，大家都穿着礼服，脸上笑容可掬，我站在街旁看得发呆，也跟着他们笑了起来。

旁边忽然有人招呼我，是坐在户外餐桌旁的一对年轻人。仔细一看，认出是昨天从科尔多瓦来塞维利亚的大巴上的乘客，他们曾经提醒过我下车。

他们热情地邀请我坐下，一起吃西班牙的传统小吃 Tapas，就是一碟一碟的小菜。女孩是爱尔兰人，在马德里上学。男孩是女孩的同学，塞尔维亚当地人，带女孩回家乡来玩。我当然八卦地问他们是不是情侣，他们彼此眼光躲闪着否认。但是那种羞涩暧昧的表情，一看便知他们处在尚未定情的最幸福的阶段。我冲他们挤了一下眼睛，算是祝福。

听到男孩是本地人，我像见到卡门的表亲一样激动，跟男孩提起卡门，他却并不认识。不知道是我的英文不够好，还是卡门在本地的确不够出名。有的时候会有这种情况，墙内开花墙外香，本地人反而不怎么熟悉。我努力哼出“卡门序曲”的调子给男孩听，曲子一出口就发现从我嘴里唱出来的调子恐怕连比才本人也很难辨认了，难怪男孩满脸“黑线”，我只得放弃。

女孩说她来自都柏林（Dublin），关于这个词的发音我跟她反复确认了几遍都听不懂。她的确是我认识的第一个爱尔兰人，所以我赶紧跟她聊起爱尔兰的婚姻制度。在我眼中，爱尔兰是婚姻的天堂，因为听说那里禁止离婚。女孩说现在没有那么绝对，还是可以离婚的，只是离婚的条件非常苛刻，而且如果笃信天主教的话，是不可以离婚的。我很想开玩笑说：“怪不得你们刚才不承认是情侣。”但是忍住了。

酒来了，我们举起杯，却因为没有统一的祝酒语又都放下了，于是大家纷纷开始教授本国“干杯”的说法，爱尔兰女孩说了爱尔兰语的“干杯”（抱歉，我忘记怎么说了），西班牙小伙子说了西班牙语的“干杯”（抱歉，我也忘了）。我教了他们说“干杯”，如果我不是教他们的人，猛然一听，显然听不懂他们在说什么。

无论如何，再次举杯，每个人操着自己国家的语言一起说“干杯”，几声清脆的玻璃撞击声，就像为我们的友谊喝彩助兴。我举起相机跟他们一起自拍，三张大脸挤在一个镜头里，和谐幸福。

三种语言，一声“干杯”，是我的塞维利亚一刻。

吃晚饭，他们执意不让我付钱，我也不再坚持。这不是钱的事，是情谊。这份情谊，我心领了。

真正的弗拉明戈

吉卜赛人的别名，是弗拉明戈人。弗拉明戈已经从一种舞蹈，演变为一种生活方式，一种慷慨、狂热、豪放和不受拘束的生活方式。而塞维利亚，是弗拉明戈舞的发源地。

街道上有很多弗拉明戈舞表演的海报，官方的，针对游客的，华丽，正规。但是我想去看民间的，原汁原味的舞蹈。弗拉明戈舞的起源就是自由随性的街头舞蹈，它不是对生活欢快热情的赞美，它是四处流浪的吉卜赛人对内心颠沛流离的悲苦表达，它是撼动心灵、抒发痛苦的民间力量，不是用于交际、取悦眼睛的宫廷舞蹈。

Levis 街上，有一家免费的弗拉明戈舞酒吧，只要花 8 欧元买一杯饮料，就能欣赏一晚的舞蹈。我找到它的时候，观众已经过半了。我赶紧找位子坐下，兴奋地等待。观众席没有灯，而舞台上是亮的，我前面坐着的一对情侣的剪影出现在眼前。他们两个的侧影几乎总是重叠在一起的，投入而热烈的亲吻声连我都听得到。那种投入忘我的热情非常美好。虽然他们对我的视线有点儿遮挡，但我还是很开心地同时观赏这场小小的“恋爱表演”。

演员们登台。先是歌者以击掌和脚跟打着节奏，唱出悲切悠长的诉说，然后弗拉明戈吉他加入伴奏，最后一位舞者起舞，神情严肃地跳起弗拉明戈舞。她有力地舞动裙摆，铿锵奔放，一串串节奏飞快踢踏有声的舞步让人激情澎湃！跳舞的人并不是鲜嫩的美貌少女，而是人到中年的女性。一个人，一种悲怆落寞的神态，抬头耸肩，表情毫不优美，简直是痛苦。真正的弗拉明戈舞者起舞的时候，可以说是面目狰狞。但是那种力量和痛苦，配上热情性感的动作，反而是一种和谐的魅力，诉说着吉卜赛人背井离乡的落寞，与悲苦命运的斗争。她的每一块肌肉都紧张着，暗藏着巨大的生命力。要把人生的故事说得动听，艺术家的天分和人生经历比技巧更重要。所以，很多优秀的弗拉明戈舞者，年纪越大，跳得越有味道。看弗拉明戈舞的时候，你会发现，面容之美，是所有美丽中最肤浅、最低等的层次。饱经沧桑的人性之美，才是动人心魄的。

一段吉他独奏弹碎了我的心，如泣如诉，悲怆急切。吉他手鬈发垂肩，穿白衬衫和牛仔裤，脚蹬马靴，标准的拉丁情人。除了调试吉他，他几乎整场演出都闭目沉醉。这种吉他的韵律有震慑心魄的力量，我就像被琵琶精夺了魂魄的孙悟空，沉迷在这种气氛中。

演出结束了，我还没缓过神，流连在酒吧里不肯离开。

不一会儿，隔壁的一间小屋子里，有击掌声和歌声传来。

那是一场没有演员也没有观众的纯民间切磋。

六七个男人，有络腮胡子的中年汉子，也有满脸皱纹的老年人，几乎都是垂肩鬈发，轮廓清晰，眼神深邃，男性魅力十足。他们轮流高歌，歌声时而急促有力，时而婉转缠绵，其他人配合整齐的击掌声和吉他声。每个人都无比投入，旁若无人地展现着自己，全无遮掩和羞涩，仿佛唱歌才是生活中最自然的一件事。唱歌的自己才是本来面目，不唱歌的时候，只不过是暂时休息罢了。

我蹭到房间里，坐在一个年龄相仿的女孩旁边，彼此点头示意，无声地表达了一下对“演出”的赞美。

我拿出相机贪婪地录下这个场景。这段录像成为我整个西班牙之行中最珍贵的一段，因为它记录下了“最纯粹的、最美好”的弗拉明戈。

这才是艺术本来的意义。艺术不是舞台上隆重的表演，不是彼此竞争排出名次的竞

赛，不是用来赚钱的工具，甚至也不是展示魅力的手段。艺术产生的原因，就是在这样最普通的场所，在田间地头的彼此娱乐，表达对生活的热爱，抒解苦难的压抑。艺术就是每个人都可以参与的，不需要观众也不需要门票的，最真挚的情感流露。艺术从来不应该是昂贵的，它是属于大众的，是免费的。

吉卜赛人说："弗拉明戈就在我们的血液里。"

现在我懂得这句话了。

"一起来一段弗拉明戈吧！"就像是"今晚来我家吃顿饭吧！"一样，是奔放热情的吉卜赛人街头巷尾太过平常的邀请。而我这个拘谨内敛的异乡人，却被深深地打动。

如同北京清晨，公园里遛弯儿的老人们那并不流畅的二胡和《四郎探母》的唱段，虽然绝非字正腔圆，却是辛苦了一辈子的老爷子融合了所有经历的演绎。这比华美的戏园子里行头精美的唱念做打更动人心。

亲爱的Z：

真感谢我生活的这个世界里，有弗拉明戈，有音乐，有这么多美妙的事物。仅仅是几个音符的排列就能让人起舞，仅仅是一些文字的搭配就能让人陶醉。生活真美妙。

艺术是世界上最没有用处的东西，可是艺术有改变人生的力量。

艺术是世界上最贵的东西，可是最动人的艺术通常是免费的。

咦，怎么好像，是在说——爱情？

M

巴塞罗那的沙发客

到了巴塞罗那，我就可以不用住旅馆了。我会跟媛媛住在一起，睡一张床！

媛媛是谁？我和你一样，还没有见过她。

媛媛是我在穷游网上认识的中国留学生，人在巴塞罗那。她不但对我的行程给了很多建议，而且主动邀请我去她家住，她很抱歉地说家里只有一张双人床，所以要委屈我了。我大学宿舍 8 个人一个房间都住过，两个人一张床算什么！

最重要的是——免费！

她不要钱，只要一些国内的好吃的。

萍水相逢，仗义相邀。

我在北京采购的时候，简直想把超市的“北京特产”专柜给她搬过去。只要我多背一些，她的“思乡胃”就能多开几天 party。果丹皮、牛肉干、鱼片、话梅……每一个小食品都肩负着慰问异乡游子的光荣任务，从购买到装包都透着庄严。我手提和肩背的两个大包有二分之一装的都是各种零食，估计再多装，海关就要让我交税了。如果巴塞罗那不是我此行的最后一个城市的话，我还会买更多。

和媛媛约好在加泰罗尼亚广场的车站见面，看到一个留着长长黑发的中国姑娘冲我走过来的时候，我张开双臂大叫着扑了上去。

是个美女！

虽然作为借宿的同性，她的长相对整个项目不构成影响，但是能跟一个美女一起生活几天，无论如何都是美事一桩。

媛媛并不是一见面就很热情的外向姑娘，她轻轻地跟我拥抱了一下，就很认真地指导我坐车回“家”的路线。听到“家”这个字，有点儿感动，这的确是我在巴塞罗那临时的家。

一进门，媛媛就钻进厨房，一边聊天一边给我做饭，十分钟之后，一盘海鲜意面出现在我面前。我卸下大包的同时，也卸下所有疲惫和防备，扯开架势好好吃了一顿。

媛媛和房东合住一个单元，房东是一个带着男孩的秘鲁阿姨，在巴塞罗那的秘鲁大使馆工作。跟西班牙老公离婚之后，老公留下的房子就是她唯一的固定资产了。

属于我们俩的房间不大，15 平方米左右。细心的媛媛已经帮我安排好各项物品的位置，我只需要按照她的指示把行李和自己安放好即可。十几天之前我们还只是相隔万里的网友，连照片都没有互相发过。而今天晚上，我们是睡在一张床上的姐妹。我心里有小小的紧张，也有期待。

我把混合着马德里、科尔多瓦、塞尔维亚、格拉纳达和托莱多五个城市汗味的大包献到媛媛手里，里面是我一路背过来的来自祖国食品部门的问候。

下午媛媛要出去一趟，临走时她把钥匙给了我。

我又惊讶又感动，推说我可以给你打电话，不用给我钥匙。

她说她会很晚回来，我有了钥匙就可以随时出入了。

她面容平静得理所应当，一切都自然得像是多年老友。

这时候我们才见面两个小时。

我兜里揣着钥匙踏踏实实地出了门，向高迪的米罗之家出发，一路上像小狗细细嗅着刚才媛媛带我走过的路线，小心辨认，以防找不到回来的路。

身后这座公寓的布局和路线我都还没搞清楚，钥匙却已经搞到了。

关于“借宿陌生留学生家里”这件事，我的朋友们都比我担心，他们把我给的素材当成了侦探小说的开篇，用作家的丰富想象力推演出不同的犯罪情节：有可能绑架你或偷你器官，有可能你一进门就把你的包都抢走，然后把你卖到妓院，有可能对方是冒充女人的变态狂，把你关起来再也不让你出门……

所有这些推理故事都不是绝无可能，我听了也有点儿害怕。可是我坚定地相信我的好人品能吸引同样好的人，我也相信对方的真诚。我觉得自己不会倒霉到遇到这些奇小的概率事件。即使遇到了，那就勇闯虎穴，智斗洋贼，回来还能写一本书，当作材料吹吹牛呢！对于一个喜欢写作的人来说，这是多么珍贵的可遇不可求的经历啊！

看到我沉醉在成为智斗歹徒的女英雄的想象中，朋友们纷纷对我投来赞赏的目光，有人说我“愣”，有人说我“二”，有人说我“没心没肺”。

其实，对于媛媛来说，她也同样要面对这些可能性，可是她也同样选择了百分之百相信我。从这个意义上说，我们还真的是一样愣、二，以及没心没肺。正因为如此，我才能顺利地拿到她家的钥匙。

或许这也是获得快乐的钥匙。

用我妈妈的话来说，我是那种永远相信“世界充满爱”的活在童话里面的人。她总是嫌我对事情“坏”的一面准备不够。事实上，通过我三十多年来人生和旅行的经验，也的确是和这个信念彼此印证。和那些喜欢抱怨的人相比，我遇到的值得抱怨的素材相当贫乏。这个世界就是一面镜子，你看到的，是你选择看到的。你经历的，都是你自己吸引来的。

“每个人看到的世界都是内心的投影。”

有些事情的确有趣——去越南之前，我和一对去度蜜月的朋友同时办手续，我们去越南的时间相同，但是路线不同。当然，谁愿意带一个惨兮兮的失恋者做电灯泡呢？

他们是一对很细心的夫妇，准备了保险理赔单、当地大使馆电话、报警电话、紧急求救电话等一系列应付突发事件的“万全准备”，找信息打印两份，分别带着。而我一副大大咧咧听天由命的架势，这些信息一律不关心，背起包就上路了。

结果，他们果然没有白做准备，失窃，然后报警流程和大使馆电话都用上了。因为是春节假期，还等了好几天才补好手续。

而我，一个没心没肺的“快乐单身汉”，见人就笑，见人就当朋友，最后自己和随身细软一起完璧归国，途中失去的只有烦恼。

乖孩子会做充分准备。但是，对于人生可能遇到的困难，无论做多少准备都是不够的，不如迎面昂头，坦然面对，相信这个世界的美好。无论世界是不是回报美好给你，至少在你相信美好的时候，你的心情是美好的。这比什么都重要。

内心简单，世界就是童话。内心复杂，世界就是迷宫。

高迪的情人

高迪是巴塞罗那的关键词。从没有一个建筑师的名字和城市连接得如此紧密。大家都说“高迪的巴塞罗那”，而不是“巴塞罗那的高迪”。

高迪并不是唯一在巴塞罗那留下踪迹的艺术家，达·芬奇、凡·高、毕加索都在巴塞罗那停留过，但他们所有的伟大都停留在平面的纸张上，而高迪为整个城市留下的那些鬼斧神工、美轮美奂的建筑，任谁都无法视而不见。它们就那样站在那里，伸着张扬的、妖娆的爪子吸引你的视线。

高迪的建筑如此特别，你可以不喜欢，但是无法漠视。

和其他伟大的艺术家不同，大家对高迪的形容从来不会止于“天才”二字，后面一定会加上“鬼才和疯子”。因为他所给予的，已经超过人类想象的极限。大家总是认为在接受范围内的东西是“安全”和“正常”的，而超出这个范围的闻所未闻的就是“不正常”，所以大家说高迪是“疯子”。但是这“疯子”手中的建筑如此震撼美妙，只好叫他“鬼才”。

巴塞罗那人对高迪的建筑熟悉得像自家客厅，所以在巴塞罗那街头问路完全没挑战。唯一的筛选条件，只要对方够美，就可以上前笑着说 Hola！

看完有着波浪阳台的米拉之家，我来到一路之隔的巴特罗公寓。下午 4 点，热闹的巴塞罗那街头，神话一样的巴特罗公寓就这样呈现在我眼前。

高迪的建筑从来不是建筑“应该有的样子”，骷髅、龙、骨头、海螺、外星人、玉米……这些你从来没有想到过会出现在建筑中的元素，就那样骄傲地矗立在那里，对路人的惊讶和赞叹司空见惯。它们像一个个真实的梦，几百年来，同样的风格绝无仅有。

高迪绝不是一个哗众取宠的人，他所做的并不是绝无仅有的创作，而是模仿。只不过，他模仿的对象是自然。他是大自然忠实的拥趸，他所做的一切，都是对自然忠实的临摹。高迪说：“创作就是回归自然。”当本该出现在森林中的棕榈树成为教堂里的柱子结构，当本该出现在海边的海螺成为米拉之家的屋顶装饰，当本该出现在摇滚乐手身上的窟窿成为巴特罗公寓的阳台，当本该出现在建筑之外的元素和建筑成为一体，那种震撼的感觉非常美妙。

高迪建筑中的每一处特别的细节都能在自然中找到原型对应。所以，他的建筑中从未出现过直线，因为“直线属于人类，曲线属于上帝”。

没有人对爱人的誓言像高迪一样坚定，他说“大自然是我一生的情人”，所以他终身未娶，但他与大自然融为一体了。

永远未完成

站在从1882年开始建设却至今尚未完工的“神圣家族大教堂”前面，能够感受到“慢”的力量。缓慢而坚定地不断地成长，不关心什么时候是终点。

大教堂几次停工，都是因为经费问题。据说高迪本人也是在为“神圣家族大教堂”筹募善款的路上，被巴塞罗那刚刚出现的有轨电车撞死的。每个游客购买的门票里，都有一定比例是捐给教堂做建筑经费的。教堂里也有用来募捐的箱子。想到教堂日益增长的一砖一瓦里有自己的一份小小的努力，觉得心里跟它多了一份亲近。

集世界各地的微薄之力，用愚公移山的方式建设一座完美的殿堂向上帝献礼，我想这种凝聚力、持久力和微小的善念，也是上帝希望宗教带给人类的。

作为一个“无神论”者，我们对于信仰的态度跟“神圣家族大教堂”的建筑过程更加相似。信仰不是与生俱来轻易得到的，而是要花费很多的时间去思考的一个人生命题。林语堂有本书叫作《信仰之旅》，写的是他用一生的时间盘桓在多个信仰之间的思考和选择。这个寻找信仰的过程，是一个内省、思辨、跟自己对话、跟宇宙对话的过程。它能够让你在去 KTV 的路上边看书边思考进化论的破绽，它能够让你在成为街上忙忙碌碌的一个符号的时候，内心有一种坚定的力量。

从这个意义上说，其实最后选择的信仰已经不重要了，重要的是寻找信仰、思考人生规律的过程。有这个过程，就不会没头没脑地走得太偏。人生不是考试，没有人给你打分。人生是一次旅行，你在路上看到什么风景，学到什么知识，留下怎样的记忆，这些经历是最重要的。

可以说，这个教堂虽然经过 130 年建设仍未完工，但是早就已经开始投入使用了。互助，向善，瞻仰上帝，一个教堂能做到这些已经足够。而“神圣家族大教堂”不靠牧师，靠每个人亲身参与，亲身感受。

没人因为“尚未完工”而把“神圣家族大教堂”从旅行列表中拿出来，大家都知道在自己的有生之年未必能看到它的完工。所以一边建，一边看，今年看到的和十年后看到的也许已经大不相同。这让大家有一种“共同成长”的感觉，从 1882 年到现在的每一代人，都可以说自己是“神圣家族大教堂”的同龄人。

只有“神圣家族大教堂”能做到这样，它的“未完成”，本身就是一种风景。

通常一座建筑，或者是现代建筑，或者是古代建筑。而“神圣家族大教堂”两者兼得。它的原始设计虽然来自高迪，但是随着不同时代的建筑师更替，教堂四周的雕塑已经呈现出多样的风格。

来西班牙之前，我很关心大教堂的建成日期，甚至觉得欧洲人做事拖拉才会导致如此。

我们太习惯“快”了，我们的欲求被满足得迅速而轻易。我们用 10 小时就能从北京来到西班牙，用一周的时间就可以把鸡蛋变成一只肉鸡，我们用几个月就能建成一座桥。我们习惯想要的东西转眼间就能拥有，我们也习惯了拥有的东西转眼间就灰飞烟灭。

“快”是一把双刃剑，可以指向得到，也可以指向失去。

站在“神圣家族大教堂”前，脖子酸痛地抬头仰望的时候，我希望它最好永远都不要完工。这种一心一意、一砖一瓦的积淀和磨炼，本身就是一种信仰。

参观一个建筑不必等到“完工”之后，享受某一种生活也不必等到一个特定的状态。因为人生不断地在变化成长，就像“神圣家族大教堂”也在不断调整建设。没有一件事，或者一个时间点，标志着“成长”的完成或者某种状态的实现。所以真的不用等，随时都可以。

接受变化和成长是人生的常态，就可以坦然地欣赏建设中的“神圣家族大教堂”，就可以不必等到月薪多少才生小孩，不必等到四十岁才开始环游世界，不必等到过节的时候才穿那条最爱的连衣裙，不必等到发生变化才改变自己。

我想，如果大教堂真的有完工的那一天，虽然非常值得庆祝，也终于可以令高迪先生瞑目九泉，但是也会有很多人反而觉得有些怅然若失吧。

午夜巴塞罗那

对于我这样喜欢“好玩的”和“特别的”东西的人来说，巴塞罗那的兰布拉大街是一个活色生香的游乐场。

这条街上有形态各异的街头活体雕塑，扔几个硬币就会跟你互动，比如把刀子插入胸口假装自杀；还有迷死人的博盖利亚菜市场，这里所有的食物摆放得都像艺术品，水果像鲜花、糖果像彩虹；街头画家的作品大多是以弗拉明戈舞者为对象，风情浓郁，裙角翩翩仿佛飞出画框；球迷商店可以买到巴萨的球票和各种球迷纪念品，据说巴萨主场获胜后狂热的球迷都会聚集在这里庆祝；街道旁边蜿蜒的小巷里面藏着蜡像馆、艺术中心、总督夫人宫。在小鸟啁啾的“鸟园”，Vicky背着未婚夫接到了情人的邀请电话，并且答应与之临别一聚。

Vicky 和 Cristina 是两个美国游客，Vicky 是研究加泰罗尼亚文化的硕士，棕发、苍白、穿深色衣服，严谨内敛。Cristina 爱摄影绘画，金发红唇，穿白色衬衫和牛仔裤，热情洋溢，不断寻找新鲜感。我猜她们的组合是处女座和白羊座。

Vicky 有未婚夫，却阴差阳错地和放荡不羁的艺术家 Antonio 一夜风流，左右为难；而 Cristina 在和 Antonio，以及他的前妻维持了一段疯狂的三角关系之后，再次出发寻找新的刺激。

她们是我在巴塞罗那的两个隐形朋友，一直陪我左右。她们是伍迪·艾伦的电影《午夜巴塞罗那》的两个女主角，她们是红玫瑰与白玫瑰。

在兰布拉大街熙熙攘攘的游客中，我经常会看到 Vicky 或者 Cristina，她们演绎着女性的两种极致的美，冷与热，内与外。

对我自己而言，我一直是以 Cristina 自居的，我相信这个世界上有很多未知值得探索，很多有趣的东西就隐藏在平常的外表下。

比如兰布拉大街上这家走过十个人，有九个半就会错过的“色情博物馆”，门脸非常小，一楼只有一个没精打采的哥特打扮的售票员。7.5 欧元的价格并不便宜，可是我兴高采烈毫不犹豫。我究竟期待看到什么呢？

就像是图书馆通常会贴着“书是人类进步的阶梯”的名人名言一样，去往二楼的窄窄的楼梯上也有一些名人名言，Bill Cosby 说的，“学校的性教育可能是个好主意，不过我不觉得应该给孩子们家庭作业”。Billy Crystal 说“女人需要一个发生性关系的理由，男人只需要一个场所”。Woody Allen 说“性是不用笑便能获得的最有趣的东西”。伍迪艾伦！又是这个老头儿，他的电影里从来离不开这种“最有趣的东西”。

为什么博物馆要设在二楼呢？除了房租的原因，是不是也因为“性是人类繁衍的阶梯”呢？我胡思乱想着来到门口，用力揭开人类性生活神秘的大幕，一头扎了进去。

博物馆以照片为主，艺术家们以人体生殖器官为灵感创作的作品，还有表现各种性爱类型的照片，如异性恋、同性恋、虐恋等，还有与性相关的其他文化，如女体盛。

博物馆里游客非常少，一个人参观有种偷窥的快感。只要听到有其他游客远远的脚步声我就走开，避免在四周都是裸体的环境中相见。

在实物展方面，有一些科学家设计的性爱工具，还有据说是古董的贞操带。锈迹斑斑的金镣铐悬挂在那里，像刑具。旁边有一幅中世纪女子穿着贞操带的照片，面无表情，不知道她在想什么。

很难想象穿着这个冰冷沉重的贞操带的妻子们是带着怎样的心情等待丈夫归来。当然，带着镣铐的宠物们通常都不应该有“心情”，她们要做的，只是默默地存在就可以了。

对于“性文化”来说，这个博物馆只是冰山一角。无论是抱着猎奇的、人文的、艺术的心态来，都会有些失望。但是它的存在本身就是一种态度，性是一个绝对有资格以博物馆的形式来展示的文化，而不是被压路机碾轧再焚烧的盗版光盘，也不是带着病毒和小广告的色情网站。

性如此吸引人，主要有两个原因：一是它有趣，二是它在很多领域内“被禁止”，对人性来说，“被禁止”直接导致“吸引力”。逆反心理和好奇心，一直是推动人类发展的重要因素。心理学中有一个“罗密欧与朱丽叶效应”，即所有有阻力的恋情一定会空前热烈，因为阻力会成为动力。很多遇到家长反对的情侣会选择私奔，但是结婚之后，

一切进入正轨，反而容易离婚，就是这个道理。

有一间小小的暗室，在播放 20 世纪 20 年代的色情电影。男女主角很丑，且胖，其实这反倒符合生活本来的样子。场景仿佛是欧洲的宫廷，大意是偷情的故事。动作很快的黑白默片，像是在看卓别林的电影，有种滑稽感。

我一个人站在房间里看了 10 分钟，忽然意识到我的生活中已经很久没有出现过"男人"这个性别了。失恋之后，所有人在我眼里都是"无性"的，整个世界都是黑白的。我的心像是覆盖着厚厚白雪的土地，没什么能发芽。

一路旅行的城市都是好天气、好风景，我遇到的每道笑容都像阳光，让冰雪慢慢融化。

现在，站在巴塞罗那色情博物馆的电影厅里，看着这两个 100 年前的演员的滑稽表演的时候，觉得有东西苏醒了。

张小娴说："能治愈一段失恋的只有两样——时间，以及新恋情。如果它们没帮你忘记旧情人，那么或者是时间不够长，或者是新情人不够好。"

是的，我想要一个新情人，去治愈旧伤口。

亲爱的 Z：

性博物馆很有趣，它让我想起我们曾经把彩色的安全套吹成气球挂在家里，还被我妈妈看到了，问"是什么？"

我还想起，你曾经说，要把关于我们的有意义的纪念品都留下来，以后用一个房间专门展示给儿孙们看，叫作"祖母和祖父的爱情博物馆"，你说，要教育他们"饮水思源"。

那些干花、项链，还有我给你手绘的帆布鞋，你给我定做的衣服，我都留着。

该给谁看呢？

M

情人？药渣！

走出静谧到有点儿压抑的博物馆，我回到热闹的兰布拉大街上。

有一家卖明信片的小店非常漂亮，我埋头进去，琢磨着该给 Z 寄哪一张。

“麻烦你，能帮我照张相吗？”

这样的要求在旅行者中间太常见了，我应声接过相机。在取景框里的是一个帅气的男孩，皮肤黝黑，肌肉轮廓很好看。

拍完了，他还不走，主动说要帮我拍一张。

好啊！一个人旅行的时候，会因为懒得麻烦人干脆放弃拍照，但是这个明信片街头小店我还是很喜欢的。

又拍完了，他还不走，问我从哪里来的，问我一会儿干什么去。

我从中国来的，下午要和朋友去锡切斯（Sitges）。

他说他从马德里来，他说我笑起来非常好看，他说晚上有一个party，有很多朋友，还有自制的鸡尾酒，他想带我一起去，问我要不要参加。

Party？鸡尾酒？为什么不呢？

我是热情的Cristina，对于新鲜的刺激，从不说No。

更何况，张小娴正在男孩背后冲我眨眼睛，是的，送药上门，谢谢“小宇”！

我们互相留了电话，他有一串长长的西班牙名字我没记住，我只记得首字母的发音是“An”，于是我在他的号码后面写了“小安”。

然后我回家，和媛媛一起出发去锡切斯，一个以同性恋著称的美丽小岛。

锡切斯几乎是白色的小镇，一切都明朗轻快，配上狭长的海滩，真是蜜月的好选择。我们来的时候，教堂里正好有一场婚礼。这样的佳人美景，让人看着欢喜得都忘了嫉妒。

在坐火车回市区的路上，接到了小安的短信，说在今天分开的地方等我。

媛媛像我的亲友团，一个劲儿地鼓励我去约会，说有任何问题随时联系她。

回到兰布拉大街的时候，天已经黑了。远远看到他在街边等我，很高，侧影像雕塑。我内心不是没有忐忑的，但是脑子里的Cristina、Vicky、张小娴，还有国内算命的师傅，都在一起给我加油，他们说，浪漫不属于胆小的人，他们说我需要新情人，他们说这次旅行会有桃花。

小安问我去哪里吃饭，我说都可以啊！他犹豫了一下，说那你跟我走吧！

他带我穿过马路，走到街边，指着一辆赛车摩托对我说：“坐这个。”

“噢，天哪！”我抬起眼默默对着“小宇”竖起大拇指，真够意思，这么琼瑶的道具都搞来了！风驰电掣的男主角带着长发飘飘的女主角？太刺激了！

男主角没给女主角长发飘飘的机会，给我戴上了头盔。看我笨手笨脚地扣不上帽子扣的时候，他细心地帮我拨开头发，轻推锁扣。

咔嗒！

我心里的两半锁扣也严丝合缝地扣紧了。

摩托车开得太快了，我不得不抱住他的腰。“风驰电掣”的场景还是出现在电影里比较好。我坐在后座看不到前面的路，随时准备着下一秒钟腾空飞起或者车毁人亡。

终于到了，我赶快整理好失色的花容，摘下头盔，跟他走进一个小区。他说是朋友的房间，借给他的。他说 party 晚点儿开始，先带我去家里吃饭。

家?

已经到门口了，进去看看再说。

桌上放着一只小锅，里面是青柠、冰块、薄荷叶，旁边还有一个朗姆酒瓶。他拿了两只杯子，一人倒了一杯自制莫吉托（Mojito），味道真不错，清新爽口。

小安打开音响，房间被吉他声充满，挤走了尴尬。

“饭呢？”我问他。

他腼腆地笑笑，开始从冰箱往外拿东西，西班牙火腿、法国长棍面包、西红柿、青菜、鸡蛋、橄榄、芝士、青豆、番茄酱、肉酱、袋装意大利面。

“我……我做给你，行吗？”

“行啊！当然行！”

我有点儿受宠若惊。

看到桌子上的西红柿和鸡蛋，我眼睛一亮，好久没有吃到中国菜了，很想让这两样东西以中国的方式结合一下。

为了吃一口“西红柿炒鸡蛋”，也表现中国女性的勤劳，我主动提出炒一个菜。

这回轮到他受宠若惊。

虽然有了西红柿和鸡蛋，但是没有葱花，没有白糖，只好学个形似，略解乡愁。

我们一起在灶台上忙乎了半个小时，一顿中西合璧的大餐登场了。

说是大餐，其实他只是做了一个面包加火腿配芝士和橄榄，煮了一个番茄汤。还有一个西红柿炒鸡蛋，一锅莫吉托酒。

足够了。

因为我们有很多精神上的佐料，足可以代替葱花、辣椒、糖和洋葱。

饭吃得很开心，从中餐和西餐开始聊。他的英语并不好，我的也一般，聊不下去的时候，我们就对着笑，然后开始下一个话题。

他说我炒的鸡蛋西红柿很好吃，我自己觉得也不错，很欣慰没有给这道大学食堂的看家菜丢人。看到他喜欢，我尽量少吃，毕竟这个可怜孩子下次再吃这道菜不知道是什么时候。

吃完饭，他起身收拾，说 party 还有半小时。

他回来的时候没有坐回椅子，而是和我一起坐在沙发上。我感觉到了气氛的变化。暧昧在我们之间狭小的范围里滋生，织成网，把我们网进去。

他看我的眼神含情脉脉，他开始拨弄我的头发。

怎么办？

怎么办？我在心里大声地逐一问过："Vicky，你和 Antonio 的一夜风流让你后悔了吗？ Cristina，你和 Antonio 的炙热恋爱让你满足了吗？张小娴姐姐，他真的能治得了我的心病吗？算命的大师傅，这就是你说的'异域桃花'吗？"

他已经把手臂环绕过了我的头，一股深沉的香水味。

怎么办？

我脑子里闪过前男友的形象。我想躲在小安高大的身后，我希望小安变成一堵墙，把他挡在外面，再也别回来。

他用高高的鼻子轻触我的脸，我的心开始乱了。

怎么办?

这就是我要的吗?跟一个陌生男人开展一段注定短暂的感情，用它来疗愈我那血肉溃烂的伤口?我对他有感觉，可是我对他有感情吗?我不知道他的历史，不知道他的星座，不知道他喜不喜欢村上春树，不知道他认为花两万块钱去旅行或者买LV哪个更值。

这服仓促配就的药，究竟是能治愈我的伤口，还是更深地伤害我的健康呢?

我觉得我现在不应该着急吃药，而是应该好好吃饭，青菜萝卜，踏踏实实地养好身体，不要投机取巧地抓偏方。

我扭头躲过他颤抖的嘴唇，执意要走。

他道歉，他说他是真的喜欢我。他说让我原谅他的唐突。他说为了我可以到中国去。

我还是走了，我现在需要的不是这些。

我需要的是好好学习关于自我和世界的知识，学会爱自己，学会被爱，学会生活，学会积极地面对人生。

盲目地投入到一段结果不明的感情里是愚蠢的。我不但会失去独自思考学习的机会，还会重复以前的错误。

如果我自己本身不是对的，那么遇到的所有人都是错的。

世界是个镜子，我只能找到自己。

我让小安用沉默的摩托把我送回兰布拉大街附近，我自己在加泰罗尼亚广场的长椅上坐了一会儿。夜凉如水，裙角被一阵阵风吹起，像翻飞的思绪。

我以为自己是随性的Cristina，其实理性的Vicky也是我。她们是一个女人的两个侧面，合起来才是完整的我。抱歉算命大师，我辜负了你的“桃花运”。

张小娴姐姐，我不太同意你说的话。

“能治愈一段失恋的只有两样——时间，以及新恋情。如果它们没帮你忘记旧情人，那么或者是时间不够长，或者是新情人不够好。”这是张小娴关于感情的名言。

时间？时间是万能的吗？如果什么都不做，只是哀号痛哭，时间流逝，带来的是痊愈吗？如果变本加厉，怨天尤人，时间也许会带来发酵的膨胀效果。即使只是麻木地坐在家里，时间也无力改变什么。治疗失恋最好的办法不是时间，而是用新的经历充实时间，用更好的体验覆盖在上面。去学新东西，去旅行，去重新感受世界的美好。只有在做了这些积极的努力的时候，时间才变得有意义。

新情人呢？他们能改变什么？聊胜于无的新情人在帮我忘记了旧情人之后，马上就会成为又一个需要忘记的旧情人，循环往复。在情人间奔波就像踩在浮萍上行走。如果没有情人是零分，那么坏情人就是负分。不是所有的情人都能做到聊胜于无，他们也会让你觉得“有不如无”。

其实人世间所有的感情都是彼此需要的一种平衡交换。当我需要的时候，恰好你能满足我，所以我们在一起。每个人的情人都是与之相配的，或者说是自己吸引来的与自己频率相近的、最相配的那一个人。如果我是有缺失的、匮乏的，那么我吸引的人，也只能满足我的匮乏，而不能给我更好的。

就像一具生病的身体，需要的是治疗它的药。而它一旦康复，继续吃药就是有害的了，那时候，你拿药渣怎么办？

在我的心灵生病的时候，我想要靠自己的力量恢复健康，然后和一个同样健康的人成为彼此的维生素，互相促进，而不是随便找一味药。是药三分毒。

上帝是公平的

回到媛媛家，她正准备睡觉。

我跟她说我“临阵脱逃”了，她嘲笑我。两个人互相开了会儿玩笑，关灯，准备睡觉，照例开始“女生夜话”。

在媛媛家住的这几天，就像回到大学时光，女孩一起睡觉总是有说不完的话，经常一聊就是半夜，第二天中午才起，严重影响到我第二天的观光行程。当然，有媛媛这个尽职的保姆加导游，我失去的效率也能加倍地补回来。

谈到各自的罗曼史，在欧洲生活了四年的媛媛大比分领先。

媛媛并不是标准的美女，但自有一种风流韵味。她单眼皮，皮肤和头发都很黑，脸小小的，完美的烟熏妆。这种有着东方风情的女孩最受欧洲男青年的喜爱。就像刘玉玲，妖娆妩媚，魅力四射。

她说曾经有一个希腊人追求她，去银行面试的时候认识的，1米85，帅得像希腊雕塑，斯坦福大学毕业，开奔驰跑车，带她去郊区参观自己有西班牙血统的祖辈留下的城堡。

“城堡？”虽然是中文，可是我还是跟媛媛确定了一下。是城堡，不是别墅，大房子什么的？

“是城堡。”媛媛很笃定地确认。我在心里扼腕，中国的高富帅，最多带你去看家里的房子，可是欧洲人会带你去看“城堡”！

完美得只有电影里才有的男主角，我这个没出息的听众只是想象一下都忍不住想发出尖叫。

他们在古堡前面的草地上骑马，还在城堡里面用餐。

我脑子里出现电影《茜茜公主》的场景，身穿曳地长裙的公主和王子在城堡前骑马……

鉴于媛媛一直以来的细心谨慎，我决定继续相信她说的话。

“然后呢？快说快说！”

“然后，交往了两个月之后，感情发展得挺好，有天他邀请我去他家。”

“是城堡吗？”

“不是，他在城里的家。在他工作的金融街附近，很好的楼盘。”

“是啊，狡兔三窟嘛，有钱人工作生活的住处都分开。”我表示理解。

“他们家很豪华，装饰也是我喜欢的，简洁又有艺术感。”她自己显然也在回味。

“然后呢？”

“然后他做饭给我吃。”

“啊？他还会做饭？”我觉得这个人完美得让人嫉妒。

“是啊，他很喜欢学习，业余时间专门去学过烹饪，还学过交际舞和钢琴。”

“……”我觉得媛媛的运气有点儿太好了。我要不要留下来呢？

“然后呢？”

“晚饭之后，我们一起喝酒，在阳台上吹风，特别浪漫。”

“哎呀，快说快说！”

“呵呵……”媛媛善解人意地笑了，“我知道你想问什么，他不行。”

“啊？”

媛媛说，气氛非常好，感情也不错，本来共度良宵是顺理成章的事，可是，他不行。试了几次都不行。后来他承认他一直有这个问题，治疗过但是效果不明显。

“那怎么办？”我比媛媛还着急。

“能怎么办？他为此非常沮丧，后来见面也觉得总有阴影，最后他终于主动提出分手了。”

唉—— 一声长叹啊！

“可惜啊！可惜啊！”我替媛媛惋惜着城堡、跑车，还有希腊雕塑……

“一开始我也觉得有点儿遗憾，毕竟他条件很好，而且学识渊博，性格也很好。”媛媛平静得像个哲人，“所以，你知道，上帝是公平的。”

房间里有一分钟的时间没有声音。

我们两个都在黑暗里想着心事。

而这内涵丰富无声胜有声的一分钟，是我的巴塞罗那一刻。这一刻的无语，让我明白很多。

上帝是公平的，上帝给你的都是双刃剑。上帝不会给一个人太多好运气，也不会让一个人走尽霉运。当然，前提是你不把自己当成最倒霉的人。

我在心里默默祝福这位不知道算是幸运还是不幸的希腊帅哥。

每个人的选择不同，但是每个人都必须选择。人生面对的所有境遇都是天平两端。

有舍有得，有得有舍。

“所以，别再傻乎乎地轻易羡慕别人了。”媛媛打了个哈欠，做总结性发言，“每个人都有秘密，我们并不了解每个人的具体情况，不要看着表面比自己好就羡慕嫉妒恨，老觉得自己不如别人。你总有比别人差的部分，可是也有比别人好的部分。做自己就好啦！”

——没错，睡觉！

难得一遇的风景

我本来想今天离开巴塞罗那的，可是走不了了。

不是因为媛媛舍不得我，也不是因为有帅哥要留住我，而是因为——罢工了。西班牙大罢工，据说五年一遇的规模。

罢工的原因媛媛也说不好，我们这类不关心政治的人只能大概解读为“人民群众在退休以及一些劳动政策上对政府不满意”的一种非暴力不合作。所以，商场会关门，交通会停滞，所有的商业行为都自发关闭。

当然，这就意味着我没法上街购物，没法乘坐交通工具，没法参观景点。

我是说，没法参观别人规定的“景点”，可是，对于一个在现今的社会成长起来的人来说，“罢工”简直是一道难得的风景，窃喜我赶上这场几年一遇的活动，得以开阔眼界。

早上看电视新闻，很多游客在抱怨影响出行，打乱计划。媛媛也劝我别出门，可是我一副小人得志的样子，揣着参加 party 的激动心情兴高采烈地出了门。

西班牙的罢工就像重大节日一样，提前预约，组织有序，文明礼貌，不拿群众一针一线。

街道上果然很冷清，行人很少，主干道上设置了路障，因为交通行业罢工，也几乎没有机动车行驶。加泰罗尼亚广场上的主要建筑都被悬挂了巨大的抗议条幅，我把文字拍下来晚上拿给媛媛看的时候，她也不懂，因为巴塞罗那是加泰罗尼亚的首府，当地人是说加泰罗尼亚语的，并不是西班牙语。我想起研究加泰罗尼亚文化的 Vicky，她一定能看得懂。

很多打扮各异的人聚集在加泰罗尼亚广场上，有的人满面彩绘，有的人赤裸上身，在我看来，像是兰布拉大街上的街头艺人的另外一种行为艺术。

但是所有的抗议都停留在“语言和文字”的程度上，街上依然秩序井然。

我穿过广场，沿着商业街继续走，远远看到有一家咖啡馆在偷偷开业，桌椅餐具和广告牌子都摆在街道上。我见着救星一样想过去买杯咖啡，书包里带的媛媛给我做的法棍面包三明治实在有点儿干。走到门前刚要开口，忽然发现服务员们神情紧张，开始撤桌子、拉椅子，迅速把户外布置收回店里。这个骤然撤退的场面我很熟悉，凝神静听，却并没有“城管来了”的叫喊声传来。

我正站在原地兀自发呆，远远地看到走来一队“绿衣军团”。游行的人群统一穿着绿色 T 恤，上面印着白色的口号，举着旗子和标语，步伐整齐，浩浩荡荡地沿街而来。队伍很长，几乎看不到尾巴。他们边走边喊口号，沿街看到还有在开业的“叛徒”，就围在门口，直到他们关门为止。

这家咖啡馆的位置过于醒目，所以显然难逃群众的火眼金睛。

我溜到兰布拉大街的入口处，那有一个饮水处。

其实，即使所有商店都开门的时候，我大部分也是在这里接水喝的。西班牙的饮用水标准很好，何必去花钱买矿泉水呢？

我用自己用了好几天的随身小塑料瓶装满了水，抬头看到不远处的 ZARA 仿佛开着门。我决定去一探究竟。

市中心的 ZARA 店停业一天恐怕会损失惨重，所以他们坚持营业。但是顾客寥寥。

想起国内在ZARA的购物经验，基本上想试衣的顾客都要在试衣间门口排上20分钟，我觉得在西班牙的ZARA大本营享受一次“零排队试衣”真是太爽了。

我在店里刚找到清场后的VIP感觉，游行的人就聚集到了门口，ZARA的保安也在门口站成一排。双方并没有喧哗更没有动手，只是友好地交涉着。我躲在货架后看向人群，觉得同为“劳动人民”一员的我，没有跟他们统一战线站在门外，而是作为店内消费的“资本家”帮凶，有种汉奸的内疚。

虽然我觉得西班牙ZARA的价格比中国还要便宜，可是我还是依依不舍地走了。个人力量虽小，总是个态度嘛，最主要是，最近我对自己实行银根紧缩政策。

缘分的天空

在兰布拉大街周围的小路里面乱转，找到一家卖唱片的小店。这里离主干道很远，游行的喊声几乎听不到。店主一副陶渊明的架势，“虽有车马喧，心远地自偏”。

我一定要找一张最原汁原味的弗拉明戈吉他曲带回去！来西班牙之前，托朋友帮我在电脑里下了一张弗拉明戈吉他专辑，我对跟电脑打交道不太感兴趣，只是拿到MP3放进iPod，不知道是谁演奏的，也不知道名字，但是听得我如醉如痴。每次按下播放键，音乐声流进耳朵里，都会觉得心被搅得乱乱的。这次来了西班牙，当然要再选一张正宗的。

原汁原味就意味着——西班牙文，所以我退化到看图时代，在写着“Flamengo”的专区一张一张浏览着，完全靠直觉挑选。事实上，哪张都没关系，只要是弗拉明戈吉他，都让人动心。我挑了一张自己觉得最正宗、最原汁原味的唱片，付了十几欧元，如获至宝。

回到国内用电脑一听，我大惊失色。

这张我靠感觉挑选的唱片，居然和我之前一直在听的、朋友帮我随便下载的弗拉明戈吉他专辑一模一样，一共六首吉他曲，每一首都一样。

大惊之后大喜，这真的就是缘分啊！我和这段音乐的缘分。

这也是吸引力法则吗？仅仅靠心灵感应找到这张专辑。

虽然这张唱片对我来说是重复的，但是这张奇妙的专辑，绝对值得我一听再听。

走出小店，回到街上，看到商业街上很多商店的落地玻璃上都被喷上了标语，传单遍地，垃圾箱也凌乱地倒在地上。

又看到一队“绿衣军团”走过。队伍分为两节，第一梯队是统一服装的游行人员，第二梯队是明显临时加入的“后备力量”。他们神情轻松，有的拍照有的大笑，有的莫西干头有的铆钉装扮，懒散地跟着队伍走着。估计是下班下学的人，或者游客跟着看热闹。

这场游行，越来越像整个巴塞罗那的一场狂欢了。

亲爱的Z：

慢有慢的好，就像快有快的好。

药有药的好，就像维生素有维生素的好。

城堡有城堡的好，就像茅屋有茅屋的好。

罢工有罢工的好，就像营业有营业的好。

人生永远都是天平两端，但是哪边更重，不取决于事情本身，取决于我们自己的定义。

也许，

分开有分开的好，就像在一起有在一起的好。

M

Part Ⅷ >>>

北京 | 一个人，开始慢慢学会爱自己

刚从西班牙回来的那段时间非常不适应，北京的天空永远是一筹莫展的样子，无论阴、晴、风、雨一概以灰色示人。我觉得自己像被包在一团尘埃里，喘不过气来。我甚至怀疑自己是不是生活在电影《楚门的世界》里那个巨大的电影布景中，不断地有人往密闭的空间输送烟雾。

我依然会难过。

虽然专家说阳光和心情有直接的关系，抑郁症患者通常晒太阳比较少。可是我知道，不能推到天气头上。

我查了查可怜的存款余额，盘算了一下，决定过一段自我疗伤、休养生息的日子。

就当自己在“住院疗养”，我是患者，也是护士。

我能看得到我的伤口，血已经止了，但仍然很痛。

我只是看着它，感觉着它，做所有我想做的事情，带着它。

白天，我和我的痛像两条平行线，各不相扰。晚上，很多时候，我们合而为一。每次当它靠过来，我都努力把它推开。随着我的力气变得越来越大，能独自酣睡的日子越来越多了。

我尽量不联系朋友，因为现在的我不能给朋友们带来什么，我也不想只是吸榨和攫取她们的能量。我相信，她们和我在一起时陪我流下的眼泪是真诚的，但是我也看到她们偷偷按断老公的电话，我也知道她们回家之后还要面对刚刚买来没学会在固定地方大便的小猫，我知道她们第二天还要早起参加充满斗争火药味的例会，我知道她们有自己的生活，把我的苦恼扔给她们之后，我自己并不会觉得更好受一点儿。

我保持着每周一次回父母家吃饭的频率。我跟妈妈说我回到以前的公司继续上班了，相见甚欢，一切顺利。

其实我没有。

我怕她担心我的状态，还有我的生计。其实，假装一切正常，挣扎着回到以前的生活里，也许才是更值得担心的。

我把自己的社会关系减到最少，我取消了每个月168元的手机套餐，除了个别以为我还没离职的广告销售打来的电话，我几乎没有其他来电。每天固定收到的短信只有“手机早晚报”，还有开发票学英语的垃圾短信。有时候会收到“只要提供手机号，就能得到对方所有通话记录和通话内容”的监听器推销短信，我会拿着手机犹豫一下，删掉。

我每天早上7点起床，因为专家说早起的人快乐指数比较高。躺在床上，伸一个懒腰，然后努力用嘴角靠近耳朵，跟自己说：“亲爱的，早安，美妙的一天开始啦！”

自然音乐是最好的背景音乐，流水的声音、鸟叫的声音、云彩飘过的声音和花开的声音，是的，我没听到那些，可是我可以想象。音乐流进耳朵，大脑产生画面。

我的房间是朝东的，早上会有淡淡的阳光。每天早上，阳光会透过窗棂在地上画出柔软的格子。我踩着这毛茸茸的天然地毯走到厨房，给自己倒一杯蜂蜜柠檬水。因为蜂蜜滋润，柠檬排毒。缺少滋润而且应该排毒的我，正需要它们。

熏香罐里是从菲律宾带回来的薰衣草精油，或者柠檬的精油，据说它们能让人平静。

我练瑜伽，因为瑜伽能让人心情舒畅，身体柔软，如果身体柔软了，身体里面的心，应该也会柔软吧？付不起楼下瑜伽馆的会员费，我在客厅里铺上垫子，打开电脑，跟蕙兰的DVD一起练习，出一身微微的细汗。

运动之后，最适合一顿熨帖的早饭。小米养胃，大枣养血，薏米除湿，黑米补肾，银耳润肺，燕麦富含纤维。熬上粥之后的时间正好切水果。报上说水果不能在饭后吃，于是我就和早餐一起吃。半个木瓜，或者苹果，或者香蕉。剩下的，用保鲜膜包好，放进冰箱，明天吃。

搪瓷锅在炉子上冒着热气，这20分钟，侍弄鲜花，给百合去掉蕊，换水，盘点着哪个骨朵即将开放，欣赏花朵盛放的样子，剪去衰败的残花。我每周给自己买两次花，就像去探望病人。只不过这个病人刚好是自己。一开始我买15元一枝的百合，后来我买5元一枝的玫瑰，有时候我也买3元一枝的康乃馨，最后我买10元一大束的野菊花。无论哪一种花，都有各自的美，在它们用生命盛放的季节，都值得认真地欣赏。《圣经》里面说，所罗门王最富有的时候，所有的宝藏加在一起，也不如野地里的一朵百合花，大概就是这个意思吧！

早饭之后，练毛笔字。小学和初中的时候，被妈妈逼着练过，后来扔掉了。现在再闻到墨香，觉得心里非常踏实清静。专注在笔画的起承转折和研墨的稀稠浓淡。心里的悲欢离合、人生的阴晴圆缺都云淡风轻了。这是真正的“活在当下”的时光，没有以前，没有以后，只在乎眼前的顿笔怎样才能最美。

一个小时毛笔字之后，看书。我每天看四个小时书。上午两个小时，看非虚构的心灵成长的书，我看《与神对话》，看《念力的秘密》，看《无量之网》，身在斗室神游宇宙，看有着两百年历史的科学和有着五千年历史的念力彼此呼应，彼此证明。探索自己为什么来到世界上，以及所有痛苦的实像是什么。

下午午睡之后，两个小时，我看虚构的小说，看东野圭吾，看村上春树，看劳伦斯·布洛克，看张爱玲，沉迷在别人的故事里，像经历一场跌宕起伏的冒险。同时，也能从每个人身上找到自己的影子，思考自己的经历是幸还是不幸，是偶然，还是必然。

中午，我到楼下菜市场买菜。虽然是工作日，可是人并不少，这里是退休阿姨们的天下。她们逗弄着小孙子，或者拉着老头子，细细地评判着每一种蔬菜的品质，打磨着价格可能存在的水分。我带着三十岁的外貌和五十岁的气质，混迹在阿姨们中间，追随着她们的脚步，在她们曾经购买的菜品之间作出选择。我不要菜贩的一次性塑料袋，自己带环保菜篮。每次提着装了大葱、西红柿、山药、豆角的菜篮回到小区时，我都想，也许在保安眼里我更像一个大户人家的保姆。

我每天中午给自己做两个菜，一个汤。鸡蛋炒西红柿、焖扁豆、炒丝瓜、酸辣土豆丝、紫菜蛋花汤，都是我的拿手菜。我只吃素，不吃肉，从小如此。食不厌精，烩不厌细，把这些食材浸泡，洗净，削皮，切丝或者块，搭配着炖煮，看佐料和食材的味道彼此浸入，交换，生出新的宜人口感。虽然只是一顿家常便饭，但是吃起来心里安静又踏实，舒服得很。这是我亲手制作的，家乡的饭。

12 点半到 1 点，午睡，这是对人体最健康的休息时间。

下午起床，泡一杯柠檬枸杞红茶，看电影。我有一个本子，记下所有朋友或者意见领袖推荐过的电影，每两周去三里屯的盘店采购一批。家里歌华有线的机顶盒也有很多免费的电影可以看。一开始，我按照网上推荐的"治愈系"电影的单子看，后来，我什么电影都看。花了那么多人力物力制作出来的电影，只要有一个细节打动我，就算是成功了。我看《暖暖内含光》中，金凯利对以往恋情细节的回忆，不可遏止地号啕大哭；看《尽善尽美》的黄昏恋时，会心微笑；看《潜水钟与蝴蝶》中男主角前妻在田野里飘扬的裙角被深深感动；看《海角七号》男女主角最终牵手拥抱时，傻乎乎地跟着边哭边笑。每一个人生都是故事，而每一个电影结局都只是另外一段故事的开始。

下午 3 点，作为看电影中间的眼睛休息时段，我熬粥。这是我的晚饭。一锅粥通常需要熬三四个小时。我从网上买了隔水炖的小锅，功率小，不潽锅，而且正好够一个人的量。依照季节和身体状况的不同，我有时候做养血五红水：红豆、红枣、红花生、枸杞、红糖。有时候我做自己发明的补肾五黑粥：黑豆、黑米、芝麻、黑枣、桂圆；有时候我做养肺十白汤：银耳、山药、薏米、雪梨、皂角米、马蹄、百合、莲藕、莲子、白果。

把这些食材逐一洗净，切好，按照易熟的程度每半小时依次放入锅中。香气慢慢弥散在空间里，闻着就有种安心的感觉。

晚上睡觉前，我泡脚。热热的水泡脚能解乏、暖身、理气、去肝火。

同时，写日记。写每天发生的事情，最后，写每天值得感恩的五件事。如果收拾房间很辛苦，就感恩自己有房子可以住；如果菜价又涨了，就感恩能够有宽裕的时间做饭给自己吃，而不必像上班族一样吃不健康的快餐；如果妈妈在电话里又唠叨我了，就感恩有爱护我的双亲；如果脸上又长了一颗痘，就感恩自己还年轻；如果出门不舍得打车只能挤公交，就感恩车上居然有位子可以坐。

我相信，感恩的心会吸引更多值得感恩的事情发生在生命中。

我相信，每件事的发生都是有原因的。只是有些原因我知道，有些还不知道。但是我允许自己在不知道原因的时候，坦然接受已经发生的事。

怎么看待刚刚过去的24小时，我自己决定。怎么面对即将到来的几十年，也是我自己决定。

我认真过平淡日子的每一分钟，专心在每个当下在做的事情上。允许时间慢慢地消耗，允许它用最舒服的方式被浪费。我对自己不提任何要求，只是休息。我依然会哭，只是心里很清楚，哭过之后，依然有温暖的汤，有盛开的花，一切美丽都在等着我。

其实心里的伤和骨折一样，虽然很痛，但是心里也知道它会一天天地慢慢恢复。所以不用怕，但是需要忍耐和安抚自己，宠爱自己。吃有营养的东西有助于痊愈，做有意思的事分散对疼痛的注意力。不做没意义的事情增加伤害。

我能感觉到，伤口恢复的那种痒。我知道，我在慢慢地痊愈。

我知道，我在慢慢变得强大。

一个人生活满两个月的时候，我给Z写了一封明信片。

亲爱的Z:

原来恬淡安详的家庭生活是这么美好。原来从“天上飞的”文艺女青年，落到地面上是这么踏实。我开始喜欢一个人吃饭，一个人看电影，一个人生活。我在学着爱自己，对自己好，这并不难，而且，这好有趣。

谢谢你曾经的陪伴，也谢谢你的离开，让我可以享受一个人的生活。

你放心吧，我会对自己好的。

M

一如既往地没有回复。

我从不期待回复，我也没有留下自己的地址。

这已经成为我和自己对话的一种方式。

Part Ⅸ >>>

一路向西 | 最好的治愈，是去帮助别人

欢乐可以是风景，灾难也可以是风景

在家休养生息两个月之后，我胖了四斤。

在成为一个安详圆满、无欲无求的胖子之后，我觉得应该结束这种状态，做一些“对社会有益的事情”，来回报我这段时间汲取的营养。

有一天，我接到了王扣扣的电话。王扣扣是我的一个朋友，做公关的她本身就像一个小小的公关公司，是所有甜美有趣的人、事、物的交会枢纽。

王扣扣在电话里问我，愿意不愿意去支教。她有一个联合国的朋友（是的，她的朋友分布很广，即使有火星的朋友也不足为奇），经手过一个摩梭手工的非物质文化遗产的保护项目，这个非物质文化遗产的手工传承人在云南宁蒗县，宁蒗县的温泉完小老师一直不够。王扣扣知道去支教是我一直以来的心愿，而且现在我又正好有时间，所以……

所以……当然！

我一直都相信，纯净的心灵、纯净的笑容、纯净的阳光、空气和水是疗伤最好的良药。

所以，我其实不是去帮助孩子们，而是去求助。

正好当时，另外一个朋友老薛在组团自驾去甘南。于是我的路线确定为：北京飞成都，一路开车到甘肃南部，然后从兰州飞到丽江，再从丽江坐七个小时中巴到宁蒗。

收拾行李的时候，心里有点儿忐忑。在以前的旅行经历中，我只是过客，是旁观者。而这一次，我要亲身参与其中，去为别人，也为自己做一点儿什么。

我能做好吗？

我从北京出发，老薛和他的团队从上海出发，在成都机场会合。

到成都的那天细雨蒙蒙，我在机场见到了老薛，跟团队成员一一打招呼。其中居然还有小胖和小瘦，我跟他们老友重逢般热情地打着招呼，心里暗暗叫苦。

小胖和小瘦是老薛和他太太VV的朋友，也是我曾经的两个相亲对象。老薛和VV作为尽职的闺蜜，在我的每个单身时段都努力撮合他们的单身男性朋友跟我认识，比如眼前的这两位。但是，都被我趾高气扬地拿大眼筛子筛掉了。

没想到，他们的朋友之间相亲的成功率虽然不高，但是他们和朋友之间的友谊稳定性很高，所以在若干年后，我们居然又出现在一个团队中。

最囧的是，我是这个团队中唯一的单身女青年，气场微弱，目光黯淡。而小瘦和小胖都是带着家眷来的！小瘦的女朋友温柔贤惠，小胖的老婆年轻漂亮，在我眼里，哪个都比我好。我虽然有点儿怅然，可是也为他们开心：如果没有当初我们的相亲失败，他们现在也没机会拥有这么理想的伴侣，果然一切的发生都是有原因的。

那么他们和现在的女朋友，是不是应该一起感谢我一下呢？

我看着他们两对儿的恩爱样子，在心里胡思乱想，然后嘿嘿一声，算是“一笑释前缘，迈步再向前”，也算是接受了他们在我的想象中对我的感谢。

在成都休整一晚，第二天出发。中午到达映秀收费站。我们会走过一段汶川地震的路线。

现在的映秀是真正的一片废墟，只有灰白两色。一块地震时滚落的巨石立在路口，现在已经成为这里的标志性路牌，上面写着“5・12 震中映秀”。

原来的公路已经被山体滑坡覆盖了，我们走的路是勉强开出的混杂着石块的土路，仅容两车错身，路的两边都是石块和废墟。山还在，水也在，依稀能够想象出映秀在震前山清水秀的样子，只是现在山上山下有很多灰黑色的巨石，还有倾斜的房屋，而水里几乎被土和石头充满，还有光秃秃的桥桩。

车颠簸着开过，大家都很沉默。

把目光投向窗外，处处触目惊心。像废纸一样揉皱了的汽车，轻巧地停在路边，好像只是个模型；被巨石压住只剩下三分之一的房子，房子里面的一家人，现在可能还在里面；一个村庄直接被水没顶，很难想象水下的情景。

这一切都非常没有现实感，像是某个灾难电影的布景。我很难想象它们发生时的情景。我不敢想。

坐在车上艰难地缓缓行进的我们，就像蚂蚁在参观人类的世界。一切超出想象。人类的力量如此渺小，意识到这一点时，不免悲哀。

废墟上每隔不远就有一面红旗出现，那是整个映秀唯一的颜色，是重建的工人们的标记，也是希望。

我想起科幻小说《三体》里面，物理学家汪淼绝望地意识到，对于高智慧的外星人来说，人类“只是虫子”时，警官大史把他带到蝗虫猖獗的庄稼地，让他看看同样是智慧很低的“虫子”的壮举。几千年来蝗虫一直坚强地存活着，到现在为止，人类也不能完全制服它们。

那些在地震遗址上忙碌的建筑工人，就像是缓慢又坚定的人类虫子。他们自知并没有与自然抗衡的力量，却有笃定的勇气和毅力。一砖一瓦，一点一滴，重建生活。

路边一块山脚下的废墟上，是一面简单的纪念墙。墙上画着一块表，黑底白字，时间停止在 14 时 28 分 04 秒。表上方，写着 2008.05.12。

这一刻之后，一切都改变了。

我站在纪念墙前，脑子里过着那些翻飞涌动着的关于生命的画面。同时也在想着，那一刻，我在哪里，在做什么。

那一天，Z 在出差。通过电视新闻看到了很多亲人失散的场景，我很害怕，问 Z，如果北京地震了，我们怎么办。他回短信给我：“如果你死了，我也不活了！”

几年过去了，我们都活着。

可是我像是死过了一回，因为他。

我想，我也会获得新生的，因为我自己。

我心里的废墟正如眼前。我像重建的工人们一样缓慢地搬动那些石块。即使缓慢，即使软弱，但我一直不停地在搬着，越来越多的红旗出现在废墟上。

之前在网上查映秀的时候，看到它已经作为“重要旅游项目”出现在很多网站的旅行路线中。看着映秀和地震的字眼，出现在跳跃闪动的彩色网站上，被促销语言包围，难免心有不悦。

但是想想也就释然。也许这才是对待灾难的正确态度。

就像电影有灾难片，而旅行有灾难线路。

人的一生会经历很多事情，有快乐巅峰，也有灭顶之灾，但是重要的是一直向前走，不沉浸在任何一个情景里，不停滞在任何一个时刻上，一直向前走。

欢乐可以是风景，灾难也可以是风景，在人生这场旅行中，只要没到终点，就处处是风景。如果能够不沉溺其中，带着看风景的眼光，置身事外欣赏所有发生在自己身上的事情，所有的事物也都具有了欣赏的意义。

我们的汽车走错了几次路，在石块和泥水之间迂回着，终于开出了震区遗址，来到新北川。

道路一马平川，两边新楼林立，气象一新。

允许废墟存在，同时也建设新天地。

允许痛苦存在，但不会停止追寻快乐的脚步。

这就是“虫子们”的伟大之处。

亲爱的Z：

电影《独自等待》中，我们最喜欢的一句台词是：要么好好活着，要么赶紧去死。

真的见识到死亡的时候，就知道还是活着好。

不知道生离和死别，哪个更痛苦。

我想，结束也许真的是另一种开始。

但愿那些死亡，能成为新生。

M

人的一生都应该布施

离开北川，我们驱车经过昭君出塞出的“松潘城”，红军过草地过的“若尔盖草原”，还有九曲黄河第一弯，向下一个目标碌曲县郎木寺行进。

我是老薛的副驾驶，一路上剥糖递水陪聊天，用各种方法让驾驶员保持清醒。

如果说我是一个由“读书、写作、旅行”组成的三角形的话，老薛就是个八角形。他身上充溢着很多对立的气质，使得他显得如此立体又丰富。他是细腻的上海人，他也喜欢北京胡同里的炸酱面和谢天笑的摇滚；他脾气暴起来张口就骂，但是对老婆浪漫起来让人骨头都酥掉；他爱独自驾车在藏族聚居区驰骋，也是功力深厚的瑜伽达人；他在上海有大大的广告公司，也在郎木寺旁边开小小的咖啡馆；他和VV在上海最浪漫的地方举办奢华的西式婚礼，却把所有的礼金再加上几十万块钱，一起在甘南建立了一所希望小学，用他们儿子的名字命名。

是的，他们的婚礼我在现场，两个人的甜蜜之爱在婚礼最后的捐赠仪式上升华为“大爱”，我的心情也从羡慕变成了震撼。这所学校汇集了几百位宾客的祝福和爱心，意义深远。同时，对于与学校同名的薛翰阳小朋友，更是一诞生便沉浸在这种助人之爱中，这是父母能给予孩子的最宝贵的礼物。

“薛翰阳希望小学”，在6年前他们的婚礼上还只是一块牌匾。现在，我很快就要见到它。即使只是区区几百块，但是想到建校款里也有我的一份“份子钱”，还是会觉得有点儿欣慰。

到郎木寺的早晨，智华喇嘛和冬至喇嘛出来迎接我们，一起吃早饭。他们是老薛的朋友，平时除了寺庙里的工作之外，还在寺里办的希望小学教书。

在生活中做一个好人

“薛翰阳希望小学”在距离郎木寺不远的一个村子里。村长和干部们一起夹道迎接我们，见我们一下车，就献上哈达。金黄色的哈达，是为贵客准备的。我在学校门口左顾右盼，想见到那块我当年在老薛和VV婚宴上见到的牌匾，却没找到。去问村长，他说这几天风大，怕把牌子刮掉了，所以收了起来。

学校不大，干净整洁，篮球架和旗杆都崭新地屹立着。

今天是周末，所以没见到学生成群的场面。村长和校长跟老薛汇报着学校的经营情况，像对待领导，又像见到亲人。

离开学校，我们去村长家和智华家做客。家里的女人们早早准备好了各种好吃的，把我们当贵客请上炕。酥油做的糌粑又甜又油，我并不喜欢吃，可是有全家人热情的笑脸佐餐，还是吃了一块又一块。受到这样热情的礼遇让人心有不安，我无功无德却因为与老薛同行被盛情款待，只能在心里聊以自慰说：“学校也算有我一份。”

一直忙前忙后的藏族姑娘是智华的侄女，她长得很美，脸色黑红，皮肤粗糙，笑容羞涩，是健壮勤劳的藏族姑娘。她今年 30 岁，已经是 3 个孩子的妈妈了，两个拖着鼻涕的娃娃围着她转来转去，最大的孩子不在家，已经 12 岁了。她俨然是持家的顶梁柱，而大她好几岁的我，却还躲在外面为失恋疗伤。我觉得自己的心理年龄要比她小很多。虽然我们经历不同，却一见如故。我们拥抱着合影。夕阳下，她对着镜头很羞涩地笑。她让我再来，我说一定。

从郎木寺到拉卜楞寺开车用了一天，一路上都能看到路边很多磕长头朝拜的人。拉卜楞寺是藏传佛教格鲁派六大寺院之一，保留有全国最好的藏传佛教教学体系，朝拜的人非常多。

他们双手空空，衣粮不备，一步一叩，长头俯首。左手佛珠，右手转经筒，心中默念六字箴言。一旦上路，一般都需要几个月，甚至几年的时间才能到心目中的圣地朝圣。很多藏族同胞一生中大部分时间都携家带口，在路上度过。

我们车队每次买补给的时候，老薛都让大家多买一些，看到有沿途磕长头的人我们就会停下车，把水和食物送给他们，彼此双手合十互相鞠躬。

对他们来说，钱是没有意义的身外之物，朝圣礼佛才是最大的幸福，物质享受不过是身上的尘埃。

他们即使衣衫褴褛，脚步疲惫，精神却富足饱满。而很多人名牌加身，美味遍尝，却空虚苦闷。这两种生活之间，隔着的那个东西，就叫作信仰。只有信仰才能让人不必经过物质的桥梁，直接达到满足的快乐。

精神与物质，并没有高下之分，都是获得满足的手段。每个人都有权利选择自己想要的生活方式，只要这个选择能让你自得其乐。显然，选择信仰的他们获得了平静和快乐，但是选择物质的另外一些人，从长远看，仿佛并没有。

我问老薛，他们的朝拜虽然能够获得平静和满足，可是把一生都花在这件事上，此生未免太单调了些吧？老薛说，他们是为此生祈福，更是为来生，希望死后能脱离六道轮回，免受人间之苦。

为了来生，要付出今生吗？为了未来，要委屈现在吗？这样的选择，我们每天都在面对，没人有正确答案。

在拉卜楞寺门口，我们遇到一位朝拜的老爷爷，精神矍铄，花白的辫子和沧桑的打扮使他看起来有种老艺术家的风度。我请他和“西归浦”合影，他欣然应允。老爷爷今年七十多岁了，走了两年才来到拉卜楞寺。我问爷爷，年纪大了，不担心身体吗？他说朝拜磕头是最好的锻炼，身体硬朗得很。再说，老死在朝圣的路上，对藏族同胞来说是最好的归宿，是莫大的荣幸。

到了拉卜楞寺，老薛从书包里取出厚厚一沓洗好的照片，跟大殿前面年轻的喇嘛们愉快地聊着天。喇嘛们有的拿过他的长焦相机练习拍照，有的兴奋地翻看着他手中的照片，逐一对照。我好奇地凑上去看，照片里都是他抓拍的喇嘛们。

我想起老薛说他每年都会来拉卜楞寺一两回，每次他都最爱拍当地的人物。这一定是他把上次拍的照片洗出来送给他们——物归原主。看到喇嘛们开心的笑容，就知道这样做的意义是什么。虽然藏传寺庙是摄影爱好者的天堂，每天有无数相机的“长枪大炮”对准他们，但是他们每个人一生中，可能连一张自己的照片都不曾拥有。而老薛每次来，都会尽量多地帮他们拍照，然后下一次再带来给他们认领“自己”。

从拉卜楞寺出来，我们去贡保家。贡保是老薛在当地的朋友。

我们的车从拉卜楞寺旁边的小巷子里穿来穿去，远远地看到前面平房前有穿着传统服装的藏族同胞来迎，有老奶奶，也有小姑娘。车停在房前，一个黑壮的康巴汉子——想必是贡保，迎上来跟老薛热情地拥抱。贡保十几岁的女儿也打扮得鲜艳漂亮，依偎在爸爸身边，害羞地笑着。贡保的母亲，穿着节日的盛装，颤巍巍地走上前，抓住老薛的手，一边用听不懂的藏语说着类似欢迎的话，一边拉着老薛往家里走，走着走着，眼里就迸出泪花来。

八十多岁的老奶奶像见到亲儿子一样流出激动的泪水，我很感动，也有点儿意外，暗暗感慨藏族同胞果然天性淳朴善良。

进到屋子里，桌子上摆满了藏族的特色食物。他们亲手做的酥油茶、羊肉包子、糌粑，还有他们特意给我们准备的水果——杨桃。我客气地吃了一点儿，怕他们再让，就站起来参观房间。书柜里摆了一些照片，逐一看去，是家人的一些老照片，还有一张宝宝照，居然是——老薛和VV的儿子墨墨，也就是薛翰阳！墨墨的照片和贡保女儿的照片摆在一起，看了很温暖。

过了一会儿，贡保的母亲打开隔壁的房门，请我们参观佛堂。对于笃信宗教的藏族同胞来说，佛堂是最尊贵的所在，我只在门口参观，不敢擅入。佛堂里挂着珍贵的大幅唐卡，还有佛像。

虽然知道老薛一直帮助贡保的女儿上学，对他们一家有很多照顾，可是这样也未免太隆重了些。

小坐之后，我们告别贡保家，入住旅馆。吃晚饭时，席间谈起贡保一家，我才得知贡保的母亲前年被诊断出严重的心脏病，身在藏族聚居区，医疗条件和经济条件都不好的贡保，情急之下求助于老薛一家。老薛和VV二话不说把贡保八十多岁的妈妈接到了上海，找酒店住下，并且托人找了很好的医生看病。医生说贡保妈妈的情况比较严重，一方面是如果手术医疗费比较高，一方面即使手术，成功率也只有一半。老薛经过慎重考虑，不但承担了高昂的手术费，更承担了可能失败的风险，在手术单上签了字。

至于手术结果，今天看到的贡保妈妈激动的眼泪就说明了一切。墨墨和老薛的照片也有了合理的解释。把恩人的照片摆在家里惦念、感恩、祈福这是他们能给予的最有价值的回报了。

回想这一路，看到村长、希望小学的老师和校长，还有智华喇嘛、冬至喇嘛和贡保一家，那么多人给老薛的真诚笑容，那些日日惦记、夜夜想念、深深感激、默默祈福，这是一个人能得到的最好的礼物和祝福了。被那么多人赞赏和祝福的生命，是一种很大的成功。

如果通过朝拜能收获来世的平静和满足的话，通过帮助别人，在今生就能得到。生活在俗世中的我们，也许没有时间和精力通过朝拜向神佛表达敬意，以换取来生的幸福，那么就努力在生活中做一个好人吧，做一个帮助别人改变生活的人，这样的意义更大。

亲爱的Z：

在老薛和VV的婚礼上，我们约好一起来看“薛翰阳希望小学”。今天的这张明信片，就是在这里给你写的。

无论如何，我还是祝福你。

祝福是能给别人最好的礼物，也是对自己最好的滋养。

我相信祝福是有力量的，即使碎如齑粉被秃鹫吃掉，也终会循环轮转回到大地。

所以，祝福你，就是祝福我自己。

M

尼玛的梦想

从兰州到丽江的时候是中午，以前几次来丽江都是旅行，只在古城里面玩，逛酒吧、买项链、听吉他歌手歌唱。丽江对我而言是一个丰富喧闹的地方，像一个原本清秀却不得不涂脂抹粉强颜欢笑的小姑娘。

这一次不同，也许是因为难得来到古城之外，也许是因为内心的一点点使命感，丽江收敛了妩媚，开始变得端庄严肃，小姑娘依旧浓妆艳抹，神情却开始一本正经，显示出内心的力量。

提前和尼玛通过电话，他会在大巴车停站的地方等我。我一下车，就看到路边有一个当地人很认真地在人群里寻找，成熟男人的高大身材，孩子般的清澈眼神，皮肤黝黑，少数民族的狂野轮廓中五官清秀。

不知道是不是尼玛，但愿他是尼玛，我喜欢他的样子。

我按照自己的愿望走上前去，对他微笑。

天遂人愿。

尼玛是摩梭人中稀有的大学生，是摩梭手工“非物质文化遗产”的传承人阿七独支玛的儿子。他曾经在昆明上学、工作。最终回到瓦拉别村，帮妈妈，更是帮摩梭人做手工传承这件事。

见到尼玛之前，是预先在心里给他画了光环的。我知道他把现代的市场知识和古老的摩梭风俗结合起来，帮家乡的手工纺织品设计并注册了商标，在丽江建立了实体店，并且维护着摩梭纺织品的公益淘宝店，同时，通过各个渠道推广和销售着家乡妇女们辛苦织就的纺织品。村子里手工制品的原材料采购、成品运输、销售都是他一力承担。年轻的尼玛，给古老的摩梭手工带来了新的力量。

尼玛带着我去预订的旅馆放行李，在古城里，曲折蜿蜒的小巷深处，一个洒满阳光的丽江四合院。院子正中间，趴着一白一黑两只土狗，听见我们进门，乜斜着看了一眼，知道无非是一人一箱，一切大局仍尽在掌握，遂加大了四肢伸展的幅度，继续合眼养神。我们提着行李，小心翼翼地绕过它们，溜边进屋。

尼玛说请我吃著名的丽江腊排骨火锅，以感谢我不远万里来摩梭小学支教。我说感谢他们给我这个体验的机会，还要去阿七妈妈家打扰。我们在一片感谢声中落座，彼此对对方的好意深怀感恩，几乎没有经历初次见面的尴尬，直接进入亲切的攀谈。

“我先敬你一杯。”尼玛从小铝壶里倒出一杯白酒，送到我面前，“丽江特产，苏里玛酒，尝尝吧！”

在北京，我是从不喝白酒的，又辣又烫，实在谈不上享受，可是不知道为什么，在丽江就不同。我毫不犹豫地接过酒杯，闭眼仰脖。咽下去的时候脖子里有种奇妙的冰镇的感觉，之后就变成火龙一路冲到肚子里，暖暖地打转转。

果然是用雪山上的雪水低温酿造的，冰凉的感觉会突然给你来那么一下子，趁你还没回过味儿来，又马上变得热辣。喝酒的妙处，尽在于此。尼玛说，苏里玛酒是摩梭人的传统饮用酒，也是我国唯一获得“有机食品认证”的酒；是泸沽湖摩梭人存活了十几个世纪厚得活佛呵护的神秘佳酿，用雪域高原原生作物苦荞、青稞、高原红米酿造，有世纪冰川圣水的灵气；是摩梭人的宝贝，也是走婚必饮的饮料。

听了这些话，肚子里刚喝下去的酒瞬间化作活佛和冰川的灵气，一股热气从肚子里直冲上来，我带着崇敬，打了一个心满意足的嗝。

从这一杯起，在云南的每一天，都会跟“苏里玛酒”见个面，热辣辣又冰凉凉地聊几句。

听说我要去支教的村子，也就是尼玛的故乡叫作“瓦拉别”，我跟尼玛问起“瓦拉别”的含义。本以为只是摩梭语普通的祝福之类的意思，却没想到瓦拉别的本意正是摩梭的麻织手工品，真好像命中注定。

摩梭人民间谚语：“不好看的姑娘可以找，不会纺线织布的姑娘找不得。”摩梭姑娘自古就有纺织的传统，这也是代代相传的特色技艺。她们采用多种颜色手织成的“花腰带”，精美艳丽，是结交“阿夏”（情侣）时贵重的定情礼物。

经济增长和传统文化总是此消彼长。近些年，摩梭人特有的田园牧歌式的世外桃源生活方式也受到了冲击。越来越多的摩梭妇女放下手中的麻线，外出打工。摩梭“女儿国”现在只有五万人左右，其中不到两万人生活在泸沽湖畔，被称为“母系氏族活化石”的摩梭文化正在被逐渐稀释和改变。

“大家要是出去打工了嘛，就不能走婚了嘛，摩梭人的风俗就没有了嘛。”尼玛用一个看似轻松的笑容表示了他的担心。“如果她们有事情做，有钱赚，就会留在村子里面了嘛。摩梭手工和摩梭文化就都好好的了嘛。”

“那每织一条围巾，妇女们能赚多少钱呢？”

“三块。”

“三块？！”

“是啊，线的成本越来越高，从村子里运出来，再运到其他地方，运费也很贵。她们织围巾不容易呢，每条围巾都要来回穿梭一千多下。”

说着，尼玛端起酒杯，我也赶紧低头去找自己的酒，端起来时，看到他已经一口喝掉了。

28 岁的尼玛心里担着沉甸甸的责任，笑容里有淡淡的忧伤。他的“传承民族文化”的梦想凝结在村子里的祖母、阿婆、阿妈、姐姐、表妹们这一条条亲手纺织的围巾上面。

“我想建一个厂房，让大家到一起纺织、交流。我还想以后去参加广交会，把我们的手工纺织品卖到更多的地方去。”说到理想，尼玛露出兴奋的表情，“有很多人都在帮我们，政府、还有一些品牌的公益活动。慢慢来嘛，都会实现的。”

尼玛身上有一种力量，一种稳稳的力量，让人很想和他一起实现他的梦想。

他的家乡很贫困，他也接受过很多帮助。他并未把这些来自富裕地区和人们的帮助视为理所应当，而是深怀感恩之心。他也并未因为接受了别人的帮助而卑躬屈膝，而是淡定平静地对待所有的人。接受外界的帮助，并且尽一切所能去帮助别人，在他眼里，世界本该如此。

“我敬你一杯，感谢你从那么远的北京来到我们摩梭。我还没有坐过飞机呢！”尼玛憨笑着伸过酒杯。

又一杯摩梭苏里玛酒下肚，肚子暖暖脸红红，大脑因为快速地思考而发热。

尼玛说“我还没有坐过飞机”的时候，语气轻快，没有羡慕，没有向往，只是平静地叙述一个事实。

对于我比别人好的地方暗自得意，对于别人比我多的东西心生向往，这种比较在我心中无时无刻不在发生。想要，想要更多，从来如此。

但是尼玛从不羡慕，他对于自己和所处的环境都深深地满足和感恩。他不比较，他平静地面对所有差距，所有的差距都无法撼动他的自豪和自信。他深深地以自己是摩梭人为荣，并且愿意为了它付出各种艰苦的努力。

不富有，但很快乐。

这正是“很富有，但不快乐”的城市人的理想。

我们的城市生活和他们相比，究竟是进步，还是退步？

尼玛不遗余力地想告诉我们更多关于即将逝去的摩梭母系文明。拥有这种强烈的归属感是很幸福的，这让我有点儿羡慕他。

尼玛没有坐过飞机，而我曾经去过世界上很多国家旅行；尼玛把所有的收入都投到摩梭手工推广中去了，而我在北京一个月工资比他一年的收入还多；尼玛所在的城市连买一本杂志都难，而我自认为“博览群书”。我一直因为自己的“读万卷书，行万里路”而自豪，可是他让我觉得我所有以前引以为自豪的理由，都变得没那么重要了。抛开所有身外的东西，只作心和心的比较，他胜出了。他的坚定、满足、自信比我的多，我觉得他比我有力量。

看，我又在比较了。这一次是比较谁的内心更有力量。其实安于自己的现状，不去比较，本身就是一种力量。有梦想，但是从不羡慕，这本身就是一种力量。

祖母的手

吃完饭，我跟着尼玛来到摩梭手工在丽江的仓库参观，这里也是他的住处。一间平房，外屋是仓库，不到二十平方米的空间，满满地堆着各种花色的围巾、披肩等纺织品。里屋是尼玛的住处，不到十平方米，一张床，一个书桌，其余的地方同样堆满了围巾。

我随手拿起一条灰色的围巾走到阳光下细看，针脚细密平整，不知道它出自哪一位摩梭姑娘的手。

“这是慈母的手，儿时温暖的记忆。用最天然的棉线，最虔诚的态度，才能织出衣物的温度。”

这是尼玛为摩梭手工纺织品写的一首小诗中的一句，把围巾贴在脸上，好像真的能感觉到老祖母饱经沧桑的温暖气息。多棒的广告词啊！4A 公司的优秀文案也写不出来。只有“用最天然的心，最虔诚的态度，才能写出广告文案的灵魂”。

平时，尼玛一个人住在丽江，跑业务、买材料、发货、接待客人。因为交通不便，所以并不常常回村子。从桌面上散落的方便面袋，大概能推知他的生活。

“你多久回村里一次？”我问。

“回去一次要一天，交通也不方便，一般一年也就回去三四次”。

“阿七妈妈会放心吗？”

“时间长了，她也习惯了。”

“那你会不会很想她？”

“想啊，怎么不想。会想的。”尼玛低着头笑了，然后又抬起眼睛看看窗外。

我让尼玛带我去丽江古城里看看手工围巾的店。

一进古城，迎面扑来的是各色商贩，其中有95%以上都在卖围巾，而且很多店里都有一个穿着摩梭传统服装的年轻姑娘在纺车前现场纺织，以示传统手工制品。

“围巾的生意真不错啊，”我很替尼玛开心，“这些都是阿七妈妈她们织的吗？”

“都不是，”尼玛苦笑着说，“这些都是机器生产的，产量高，成本低，但是都打着摩梭手工的旗号，卖得比我们便宜得多。”

丽江古城里面，只有两家挂着“阿七独支玛”品牌标志门头的店销售的是真正的手工围巾。由于机器生产的围巾利润高，即使是在这两家店里，店主也会搭着一些定价更低的机器生产的围巾一起卖。

“为什么不制止他们，这不是欺骗嘛！”

“你说了，人家也不听，收起来一下，你走了再拿出来卖嘛。人家能够给咱们卖手工围巾就已经很感恩了。”

我无语，的确如此。来丽江的游客都是逛逛就走，只图漂亮随意购买，哪里有人在乎是机器生产还是手工纺织呢？“慈母的温度”未必能战胜便宜的价格。而且手工围巾在店内几乎没有任何推广，很难分辨。

“手工”这个词，在现代化社会里代表昂贵。无论成衣、皮箱还是手表，大批量的冷冰冰的流水线的产物，永远无法代替带着感情付出精力和时间的手工制品。在很多地方，人们相信人的状态会影响到产品。美国曾经做过一个调查，对比周一和周五生产的汽车质量，结果显示周一生产的汽车出故障的概率更大，因为工人们周一刚刚开始工作时的紧张心情显然不如周五即将休假时愉悦。

就像“妈妈做的饭永远最好吃”一样，这并不是没有道理，因为妈妈烹饪时的态度永远是充满爱心的。类似的一个佐证是寺庙里面的斋饭虽然都是粗茶淡饭，但是吃过的人都赞不绝口，并不是寺庙里的厨师手艺精湛，而是僧人们会对着馒头和蔬菜诵经，感恩祈福。

尼玛的手工围巾，带着摩梭妇女的情感和希望，传递着其所属民族图腾的色彩，一针一线，凝聚着古老的风俗和祝福，却在现代化机器生产的围巾面前败下阵来。我和他一样不甘心，可是，我们能做什么呢？

晚上，尼玛带我和丽江的朋友们一起吃烧烤，今天是他一个表弟的生日。尼玛的几个兄弟晚上在古城里的酒吧做舞蹈演员，下了班也活蹦乱跳地过来一起玩。

一落座，我突然发现自己被一群二十出头的摩梭小伙子包围了，各个有着康巴汉子的英武健壮，又有着舞蹈演员的灵巧帅气。这真让人心情大好。

“这是北京来的Mary。”尼玛向大家介绍我。

“什么？马铃薯？”小伙子们起哄。

马铃薯是摩梭人餐桌上离不开的食物，被叫马铃薯，我挺开心。

“咱们给远方来的马铃薯唱一首祝酒歌吧。”尼玛带头端起酒，兄弟们一起张口就唱起来，抑扬顿挫，悠扬婉转。唱着歌的他们轻松自然，彼此推搡着开着玩笑。听歌的我倒有点儿扭捏，除了站起来傻笑，不知道说什么好。

好多少数民族热情好客、能歌善舞我知道，清唱的“祝酒歌”我也听过，但那都是在电视里，但摩梭人为我唱起还是第一次。

歌里有对摩梭人的热爱，有不受拘束的野性，有天真随意的赤子之心，有生活中的满足和乐趣。

祝酒歌理所当然地以“干了这杯”作结尾。我还在苏里玛酒带来的眩晕中，突然听到一个声音说：“北京的朋友，你也唱一首家乡歌曲吧！”

所有人附和。

家乡歌曲？从小不擅长各种表演的我顿时呆了。

北京有什么家乡歌曲？“北京的桥？前门情思大碗茶？红脸的关公白脸的曹操？”

我都不会啊！

想了半天，我小心地说：“那，你们听过《我爱北京天安门》吗？”

大家大笑，我就此逃脱。

山里的孩子成熟得早。过生日的摩梭小伙子叫格汝，才二十出头，看起来像二十八九岁，一副康巴汉子的成熟模样。

生日蛋糕端上来了，瞬间变成武器。一阵蛋糕大战过后，每个人都赤橙黄绿地挂着彩，心情也与之呼应地变得色彩斑斓。

我跟格汝化敌为友，一边仔细地擦着头发上的奶油，一边聊着天。

“格汝你都多大了，怎么还玩这种小孩游戏啊！”

格汝正在用纸巾擦着睫毛，他的眼睛刚才被一块“流弹”所伤。

“我是属蛇的呀。”

“啊，这么巧，我也是属蛇的呀！”

我们一起惊喜地大叫起来。格汝算了算，笑道，“你比我大 4 个月啊！”“呃……”我没敢说话，只是笑，又心酸又得意地在心里回应他说：“我是比你大一轮零四个月才对啊！”

这是慈母的手，
儿时温暖的记忆，
这也是文化传承的手，
保存古老族人的智慧。
传统的民族图腾色彩，
叫我们不忘记来自何方。
老一辈的人说，
一定要用最天然的棉线，最虔诚的态度，才能织出衣物的温度。
我们于是遵循古法，
使用天然不加化学染料的棉线，
怀抱感恩的心，

用手工，

一织一线，

编出摩梭妇女就业的梦想，

织出摩梭人世代的尊严。

叫我们不迷失，

接受真实的自我，

我们也将这份诚心与祝福，

献给披上围巾的你。

——阿七尼玛次尔

阿七独支玛

第二天一大早，尼玛送我去车站。临走的时候，他说，我拜托你一件事，我想请你在村子里的小学讲讲环保。现在村里的垃圾很多，我希望他们从小培养环保的理念，保护环境，开始垃圾分类。

我不知道环保课该怎么讲，可是我答应了。

想想连日雾霾的北京，小学生们学英语学钢琴学奥数，却没人有机会认真地上一堂和自己的生活休戚相关的环保课。而尼玛，却已经在为家乡湛蓝天空下的环境未雨绸缪。

无论灰的天能不能再蓝起来，一定要让蓝的天一直蓝下去。

从丽江坐车到瓦拉别村，8 小时的车程。一辆破旧的中巴车，一个狭窄的座位。我局促地坐下，双腿弯曲的夹角只能小于 90 度，不知道在这个座位上被“囚禁”8 小时会不会患上“狭小空间恐惧症”。事实上，出发没多久就因为道路泥泞堵车了。所以在我已经被压平的屁股和坚硬的座椅依依惜别的时候，它们已经培养了 10 个小时的患难感情。

中巴车上大概有 20 个乘客。看装束打扮，只有我一个不是本地人，像骆驼群里面一只羊，虽然心有期待也不免惴惴。我对自己要去的地方和要做的事情都没什么把握。一路都是泥泞颠簸的山路，我想睡一会儿，可是耳边回荡着高亢的《最炫民族风》，好像演唱者现场在耳边大喊，声音饱满得把车厢都撑得大了一圈。但是座位还是很小，我在有限的空间里施展着对双腿摆放的无限创意。

大概 4 个小时之后，我们停车在永宁县城吃午饭。车门打开，我驾驭着陌生的双腿，犯人放风一样扑到大自然的怀里。停车场附近可选择的饭馆不多，我默默地跟着同车下来的一位摩梭爷爷和几位阿姨进了一间小小的米线店。

店里吊着一台十寸左右的电视，老板和食客都仰着头，盯着电视看得津津有味。电视剧的主演长着亚洲面孔，却明显是配音，表演和情节设置像是 20 世纪 80 年代的感觉。仔细分辨角标字幕，才知道居然是我从来没看过的泰国电视剧。摩梭观众和泰国电视剧的搭配生出浓郁的异域风情。

我随便点了个米线，躲在角落里对付着吃了两口。一会儿，隔壁桌的爷爷和阿姨主动跟我闲聊，问我去哪里，我说去瓦拉别村。他们又问我去干吗，我说去瓦拉别村的小学。爷爷问我是不是去当老师，我这个“老师”自觉不够格，没好意思承认。所以没接茬儿继续聊，只含糊地应了，然后埋头猛吃。

爷爷和阿姨们比我先吃完，他们结账时对着老板说了几句本地话，头对着我扬了一下。我猜到了些什么，赶紧站起来。老板说爷爷已经帮我把账结了。我连忙说不用了不用了，我自己来。爷爷对我憨笑着说：“你一个娃娃，去村里面当老师，不容易。这不算啥。”

我对着摩梭爷爷连说了几个无力却真诚的“谢谢”，继续坐下却吃不下米线了。心里觉得很惭愧，课都没有备好的我，一天老师没当，已经顶着支教的光环享受到了荣誉和尊敬。

吃完饭回到车上，继续一路颠簸。刚吃的米线在肠胃中翻江倒海，窗外绿地慢慢减少，田地里身着少数民族服装的村妇背着大筐艰难行走。远处的坡地上，有几头牛和几只羊在觅食。土黄的墙体上到处有手写的红色字体宣传语，如“百年大计教育为本”“九年义务教育，上学不需要花一分钱”“送适龄儿童上学是每个家长的义务”等。我想起尼玛跟我说，宁蒗虽然是贫困县，但是对教育的重视程度在全国都是排在前列的。每到学期开学前，永宁乡几个小学的校长，都会亲自去每一个适龄儿童的家里，劝家长送孩子来读书。

天下没有不散的宴席，世界上没有不到头的路。下午6点，我终于来到瓦拉别村口，见到尼玛的妈妈，摩梭手工“非物质文化遗产”继承人，摩梭手工围巾商标的拥有者，阿七独支玛。这是一个充满传奇色彩的摩梭女性，村里人都叫她阿七妈妈。

阿七妈妈长得很好看，是一种大气端庄的美。虽然大家都尊称她“妈妈”，但她其实只有四十几岁。半生操劳在她脸上留下了皱纹，能看出她年轻时一定非常美丽。我在阿七妈妈家住的一个月时间里一直试图找出她年轻时的照片以证明这一点，但是没找到。

阿七妈妈一见面就像对待女儿一样把我搂在怀里，用好听的带着口音的普通话，跟我说“辛苦了”。我毫不生疏地挽起她的手臂，一种非常亲切温暖的感觉，像是见到久别重逢的自家妈妈一样。

作为非物质文化遗产传承人，她很伟大；作为全村摩梭妇女的精神依赖，她很温柔；作为瓦拉别村委书记，她很干练。真正把手放在阿七妈妈的臂弯里，感受着她瘦小身躯的温暖和坚定的时候，所有关于她的光环都失去了意义，她就是一个亲切温暖得像母亲一样的亲人。

阿七妈妈热情地把我带进她家院子，帮我安置下来。

这是一个标准的摩梭四合院。房间都是木质结构，院子里一圈的花正开得旺。正房是“祖母屋”，是母系氏族里地位最高的祖母居住的房子，里面有“火塘”，是烧火取暖做饭的锅庄炉子，也是一家人团聚的中心。火塘上面是佛台，供着灶神，摩梭家庭的精神领袖。

理论上，院子里还应该有给年轻女孩走婚用的单独房间——“花楼”，估计是因为阿七妈妈家没有女儿，所以没有。院子左面的一排屋子，外间是堆满了纺织品的仓库，里间是尼玛和弟弟的卧室。尼玛在丽江，弟弟在县上读中学，所以这个房间暂时属于我。屋子外面的窗户上挂满了麻线和样品。窗子下面的过道上有两架纺车，一个穿着民族服装的老妈妈坐在纺车前，正停下手里的活儿对着我笑。阿七妈妈让我叫她“大妈”，大妈是远房亲戚，不会汉语，但是笑得很用力。

阿七妈妈带我穿过外间的仓库，进到我的房间。两竖一横三张床，中间一个小桌子。很简单的布置。我的床上铺着一床白得和周围环境不相称的被子，阿七妈妈说是别人给的，第一次用。

我决定洗把脸就睡了，浑身酸痛，没什么胃口。

UNDP
China

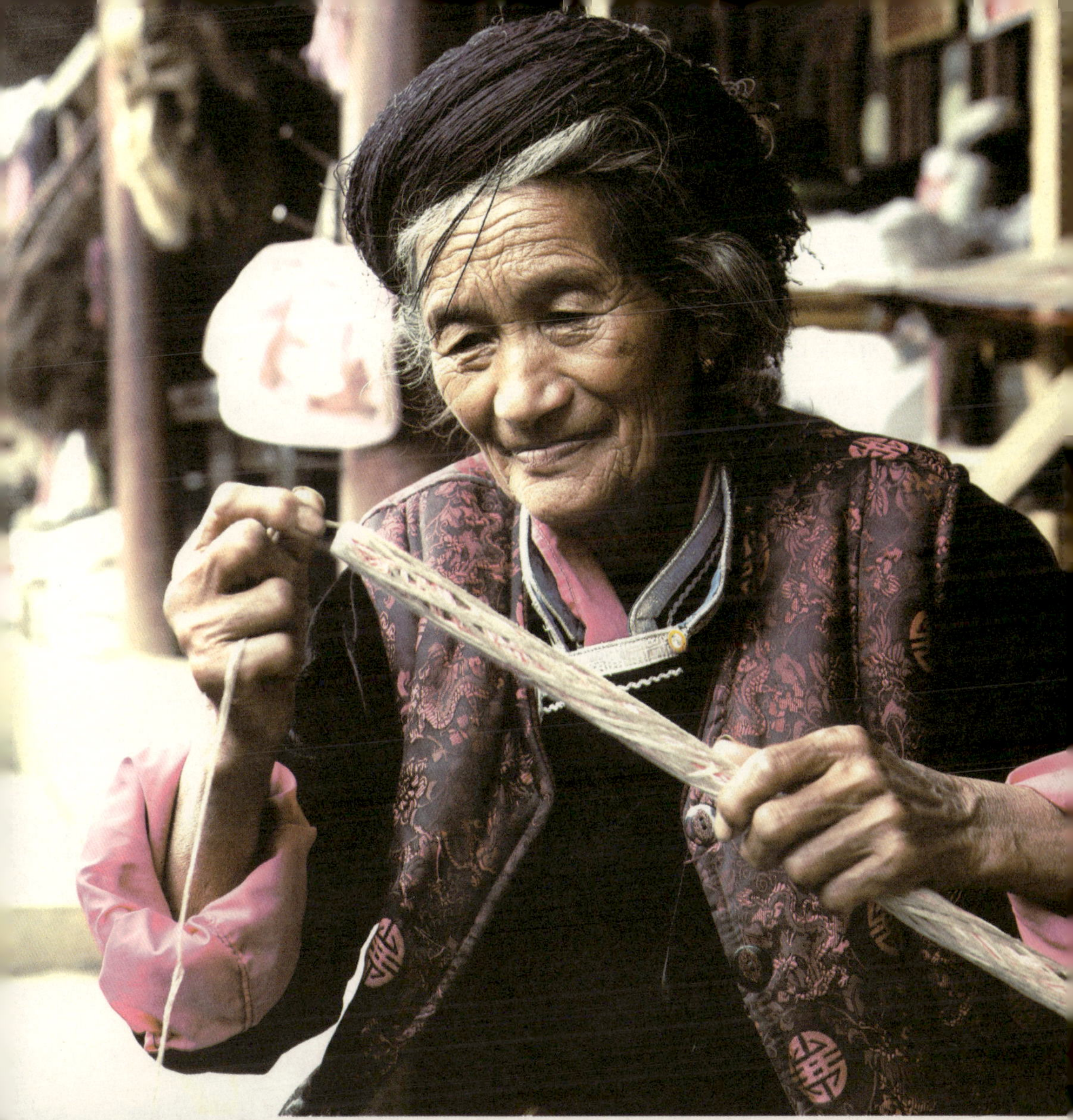

瀘沽湖 摩梭人傳統手工紡織精品

LUGU LAKE MOSUO PEOPLE TRADITIONAL HANDICRAFTS

®

阿七独支玛

非物質文化遺産

INTANGIBLE CULTURAL HERITAGE

院子最左边的角上是厨房，厨房门口放着一口水缸。水缸里面是一家人饮用和洗漱用的水，每天用院子里的水井往上抽水，用水桶接了倒在缸里。

我按照阿七妈妈教我的方法，从水缸舀出一些冷水到脸盆里，再兑上一些暖壶里的开水。蹲在地上，用洗面奶胡乱地洗了把脸。把水倒掉之前犹豫了一下，觉得实在可惜。又没什么别的用处，还是倒在了台阶下面，水顺着流到后院的土地上。

后院是露天的，红砖围墙之内是黑色的小土狗“小七”的天下，它负责看守厕所和菜地。刚被我泼过洗脸水的土路有点儿泥泞，走过去之后是茅房，里面另有一个水缸，用来冲洗便池。

参观完厕所，我自知绝无胆量晚上一个人打着手电，穿过一段土路去上没有灯的厕所，所以决定每晚8点以后禁水。

睡前我趴在新被子上，一边捶打屁股努力让它恢复弹性，一边对自己进行积极的心理暗示：虽然没有自来水，也没有抽水马桶，房子有点儿简陋晚上有点儿冷，但是这些对于曾经在沙漠露营的我来说，都完全不构成威胁——而且，我还有新被子盖呢！

山区的晚上实在冷，我穿着毛衣就进被窝了。嘴唇有点儿干，我舔了舔，坚决不能喝水。

找了一圈，发现灯的开关在灯泡上面，又爬起来关灯。关上灯的一瞬间看到门口有一个惨白的人影，我吓得灵魂出窍，抖着双腿迅速爬回被窝。心里盘算着如果有异常，尽最大努力呼救的话阿七妈妈能不能听见。反正打110是没戏了，最近的过来也得明天了。

惊魂稍定，我抱着被子屏着呼吸偷偷探出头来看。原来是外面房间仓库里有一个塑料模特，身着民族服装，披挂着围巾，背包若干，用于展示手工制品。白天进来的时候，屋子里面暗，没注意。现在，外面仓库亮着灯，里面屋子黑，映着塑料模特的脸分外白。

我陷入了激烈的思想斗争：跟自己各种谈心，温柔的鼓励和强硬的命令，乃至刻薄的激将都无济于事，无论如何我都不敢路过那个惨白的异族模特，走到外屋门口关上灯，再穿过漆黑的外屋，路过藏在半明半暗中的模特，再返回。

如果任灯开着，估计明天早上阿七妈妈看到会不开心。而且身处资源紧缺的山区，浪费电会很内疚。不然怎么好意思给小朋友讲环保课？可是……

不到20米的距离，我犹豫了20分钟，最后终于下决心爬出被窝去关灯。起床动作被分解进行，半坐、坐、起、伸腿、站立、挪腿，每个动作5分钟。蹭到外屋，关灯，再回来的过程快得没有知觉，路过模特时一股阴风让我打了个激灵，差点儿摔倒。最后终于爬回被窝，收集好四散的灵魂塞回窍里，压一压竖起的头发和汗毛，再一次回到有安全感的被窝，就是地震也绝不出去了。

关于“不怕吃苦”这件事，我再也不敢发言。一个废置的塑料模特不动声色就把我制服了，实在丢人。

亲爱的Z：

这个世界真大啊！

同一片天空下的生活，如此不同。

你离开我之后，我的世界变大了。

衬得你在我心中的比例，仿佛变小了。

虽然，那依然是最重要的一小块位置。

M

马校长

第二天一早，被阿七妈妈叫醒的时候他们一家已经吃完早饭了。屋外的木头小方桌上，只留下一副碗筷，孤零零地在等我。我不好意思地快速洗漱，蹲在地上，用脸盆舀了水洗脸、刷牙，然后迎接我在摩梭山区的第一顿饭——苦荞饼和酸萝卜。苦荞饼有点儿像玉米面饼，有股天然的香味。摩梭人几乎家家都会自己腌制酸萝卜，爽口下饭。

正吃着，温泉完小的马校长来了。

温泉完小这个名字，我也是到了这里才听说。温泉，是地名，瓦拉别村因为有一个古老的摩梭温泉，所以又叫温泉村。而完小，是区别于那些因为条件所限没有完整的1～6

年级的学校而言的。

“现在有不够六个年级的小学吗？”

“当然有了，”马校长摸着脖子，憨笑着说，“温泉完小下面有五个村小，都是只有一、二年级的小学，每个离这里几十里山路，也归我管。”

“为什么只开到二年级呢？”

“呵呵，每个学校都只有一个老师，管不了太多孩子呀！”

听到“一校一师”这个答案，我觉得自己像是问出“何不食肉糜？”的晋惠帝。

马校长长得很帅。黝黑，结实，笑起来总是带着一点点腼腆。但是藏在这腼腆笑容后面的“事迹”，绝对够分量，够力度。

“80 后”的马学强 18 岁就当上了校长。当初学校因为他表现出色想要提拔他当教导主任，马校长“口出狂言”，要不就当校长，要不就什么都不当。

“好强势啊！”我在心里暗暗吃惊。

马校长继续腼腆地笑着解释：“教导主任只是管教学，但是学校的主要问题不是教学，学生动不动就会断粮，吃不上饭，家远的学生没地方住，这还怎么上学啊。只有当校长，才能为学校争取更多更好的条件。”

马校长上任之后，四处拓展关系。学生的伙食费、服装、住宿的床、被褥、图书馆的课外书、操场上的羽毛球拍，还有义务支教的老师……几乎学校里的一切，都是马校长四处募捐来的。

“为什么不跟学生收钱呢？学校负担压力很大啊！”

马校长的回答让我再一次坐到了晋惠帝的宝座上，“孩子们都很穷，收费就会失学。即使吃住免费，也会有很多深山里的孩子上不了学，因为他们连买文具的钱都没有。所以我们每年都要挨家挨户地劝他们来，有时候还假装要牵走家里的牲畜威胁他们，让家长同意。”马校长笑得有点儿为难，又有点儿得意。

“可是，来上学的孩子越多，你的压力就越大呀！”

“不然我为什么当校长呢？不让孩子失学，是我的责任啊！”马校长表情依旧淡淡的，仿佛只是谈论着自己家里的孩子奶水够不够这样的小小家事，可是对我来说，实在是一句标准的豪言壮语。其实，也不算“豪言壮语”，因为他不是在说，而是一直在做。把言语落实到行动才伟大。

马校长离开之后，我坐在阿七妈妈家院子里，开始绞尽脑汁地准备人生中的第一堂课。

小时候，总爱看当老师的妈妈写的工作总结。作为一个小学生，偷看小学老师写的工作总结，有一种“知己知彼”的成就感。当时印象最深，反复出现的一句话就是“要想给学生一杯水，自己先要有一桶水”。这句话我明白，但是完全没感觉。老师给的这“一杯水”，就已经够我喝一壶的了。

但是现在，我深切地体会到这种感觉。

为了那40分钟的课，我花了几乎一天时间，来构思怎么深入浅出，引用哪些现有的资料，怎么有意思、有互动、吸引人、感动人，怎么做开场白，又怎么留作业。

幸好提前借的中国联通的上网卡在这里可以上网，又幸好妈妈提前传了秘诀给我，借着对马校长的感动带来的灵感，终于备出一节像模像样的环保课来。

这堂课的名字就叫作——和垃圾做朋友。既拟人地体现了“变废为宝”的主题，又有童趣，避免严肃的教条。我为自己想出的这个主意暗自得意了很久，脑海里幻想着小朋友们对我又喜爱又尊敬的场景，自我陶醉着。

北京风味

天渐渐黑了，阿七妈妈又开始在厨房忙活着。我对自己饭来张口的全天蹭吃行为表示极大的内疚，决定让他们也尝尝我捉襟见肘的“北京风味”。

实在的阿七妈妈完全没给我谦虚或者客气的机会，爽快地按照我的要求找来西红柿、鸡蛋、土豆，然后把厨房留给我，走了。

我一边切着菜，一边在脑海里背诵着“炒土豆丝”和“西红柿炒鸡蛋”的制作秘诀。如果妈妈知道我居然胆敢用这两道初级菜，以及比菜更初级的技术，代表“北京风味”给展示出来，肯定非常不屑。

倒油下锅之前，是有胸有成竹的气势的。虽然没怎么见过猪跑，猪肉倒是经常吃的。这两道妈妈的拿手菜，也是我最爱吃的，靠舌头就能分辨各种调料的种类和数量。

可是油热之后，就开始手忙脚乱了。他们这里的调料瓶和我家里的完全不一样。用各种没标签的小瓶放着，像是秘密的化学药品。逐一打开尝过之后，鸡蛋已经焦了。土豆的酱油显然放多了，黑乎乎的一团。西红柿炒鸡蛋的糖也放多了，甜得过分。我偷偷地尝尝，总算是“万变不离其宗”，形不似，还有神在。

把两盘菜放在晚饭桌上的时候，想起那句“橘生淮南则为橘，生于淮北则为枳”的古语。“水土不服”显然不能担负全部的原因。兄弟俩互相望一望，挺起脊梁，准备代表北京接受检阅。

阿七妈妈、叔叔——阿七妈妈的丈夫、大妈还有我围坐在餐桌前。他们逐一伸筷子尝了菜，又逐一赞了好。但是接着看下去，他们的筷子就很少落在这两个菜上。尤其是西红柿炒鸡蛋，明显门庭冷落。

我只好自己狂吃。虽然是不够咸又仿佛太过甜，但毕竟是家乡菜，吃起来还是很习惯的。

饭毕，我无能为力地目送着我的两个半盘菜随着剩下的咸菜和用过的空碗被带到了厨房。第二天全天的每餐饭中，都再也没有见过它们的身影。按照通常的流程判断，后院的小七，应该正在愉快地享用“北京风味”。

自此，在残酷的现实打击下，我决定把所有的精力投入到“教育事业”上来。

睡前躺在床上，想到明天可能要站上讲台上课，心里紧张得要死。虽然只是小朋友，但那也是好几十人啊！被好几十双眼睛盯着，我还能张开嘴巴吗？我会不会头脑一片空白？我会不会说话结巴？我会不会不知所措？他们会不会嘲笑我？会不会不信任我？会不会淘气捣乱？

山区的夜好冷，我不住地打冷战。

我有点儿后悔自己头脑发热冲到这里来，吃的不合口，厕所也不敢上。身体上的辛苦还都无所谓，可是被一群拖着鼻涕泡的小孩搞到紧张得躲在被窝里发抖，这实在太丢人了。

我真的很紧张，紧张到想一走了之，或者最好临时有个什么突发事件让我不能去上课也行。

这紧张到想要临阵脱逃的感觉好熟悉，通常都伴着一丝兴奋和刺激。

这感觉第一次坐“凌霄飞车”之前有过，恨不得抓住门口的栏杆死也不撒手；这感觉第一次主动给大学师哥写情书时也有过，情书放进邮箱，马上就后悔，想等着邮递员叔叔来取时再拿回来，因为实在预感到要被拒绝；这感觉刚工作时，第一次当全公司庆典的节目主持人时也有过，在后台背台本的时候，好羡慕那些能在台下安心看节目的同事；这感觉第一次一个人去欧洲旅行的时候有过，当时甚至希望签证没过，一个人在家看电影多么悠闲。

这感觉其实常常有，每次我想要做一件挑战自己的事之前，都会体验，都会有想要逃回到原本的平淡生活中寻求保护的冲动。就像离开温水的青蛙，如果突然被送进池塘，也会觉得危险想回到温水锅里图安逸。但是一旦勇敢迎头，或者被迫低头去做了，几乎所有这些经历都成为我一生值得骄傲的事情，值得怀念的回忆。我的胸怀和勇气也在逐渐被这些挑战，慢慢地拓展、累积。

没有对错，也没有成功或者失败，只要去做了，去勇敢地尝试了，就是成功。

正是这些挑战自我的事件，是我人生中的闪光点，是我活过的证明。

激励之后，我又对自己进行安抚：我可能晚几天再开始讲课，先听听课，熟悉一下情况，和老师们多学学。掌握的情况越多，心里越踏实，也许慢慢就不紧张了呢！

爱，是一个圆

第二天一早，去温泉完小实习，找找感觉。就算是“照猫画虎”，也得先观摩观摩猫。

温泉完小离阿七妈妈家走路只要5分钟。我到的时候，正是每周一例行升国旗。没有音乐，操场上的师生们静静地站着，对国旗行注目礼。场面很庄严，比我小时候大喇叭里放着国歌，护旗队员穿短裙，旗手戴白手套的升旗仪式更动人。国旗升到顶端，背景是群山环绕，蓝天白云。我见惯了城市里的国旗，不知道为什么，觉得山里的红仿佛更艳。

我找到马校长，他说正好今天有个指导工作的教师领导要过来听课，正好一起。我于是跟着来到一间教室，正在讲古诗赏析，李白的《早发白帝城》，“朝辞白帝彩云间……”教室后面已经坐了很多人。一群工作人员中间，坐着一个“满脸语重心长，先家长之忧而忧”的中年女教师，很像我上小学时，每个学生见之都有冲动拔她自行车气门芯的教导主任。

这是我时隔二十多年再进小学课堂，怀旧又新奇。讲台上，老师一字一句讲得很认真，带一点点口音，感觉很奇妙。教室里大概有五十个学生，规规矩矩背手坐好。一定是今天有“外人”来参观，所以格外老实。整个班整整齐齐地穿着蓝色的校服，校服后背上印着校训。从教室最后面看过去，五十个小后背，五十个“感恩、奋斗、发扬、贡献”。

我被这四个词击中了。“两耳书声啼不住，思绪已过万重山”。

把“感恩”作为校训，背在后背上，会不会特别重呢？

从这四个词中，能感觉到马校长沉甸甸的苦心。

这个学校得以正常运转，离不开很多好心人的帮助。而这些帮助，大多是由于马校长的呼吁和求助。

马学强成为“马校长”之后，变成一个“唯利是图”的人，所有有机会的可能，他全都不放过。学生快要断粮的时候，他在网上发帖子求助，求他在外地工作的姐夫帮忙，也会通过在泸沽湖开客栈的亲戚向客人宣传希望得到帮助。他把自己的QQ号和手机号都挂在网上，所有的捐赠和支教都不拒绝。可以说，马校长每天最主要的工作就是化缘，为了孩子们有饭吃，有学上，不断地到处求人。一个一米八几的汉子，如果不是为了学生，一定不会去求这么多人。也许这就是马校长笑容总是腼腆的原因吧。

我扭头看看他，忽然有点儿心疼。

所以他选择的校训，不是“团结、紧张、严肃、活泼”，不是“自由、博爱、民主”，不是“文明、健美、求实、创新”，他希望孩子们能不辜负他的一片苦心，懂得感恩，继而努力奋斗，发扬所有接受到的好的信息，也能够对社会，以及别人作出自己的贡献。

接受帮助，再帮助别人。接受善意，再送出善意。接受爱，再回馈爱。

多么美好的画面。

我叫马铃薯

课后“教导主任”和大家一起开会总结。她介绍了一下自己特级教师的身份，再说说以往自己在教学生涯中获得的荣誉，再聊聊在“教书”这件事上自己的资历，然后形容一下自己从四川到云南山里来路途的艰苦。

如果知识也是财富，那她就是一个絮絮叨叨的老地主，把周围的人都当成了等着施舍的流浪汉，先痛陈家史，再炫耀财富。

我努力控制着自己的情绪，想听听“教导主任”有什么高妙见解。

她终于开始提建议了。

先批评有人不专心听讲，玩手机，说时眼睛用力盯着我，让我想起我的确拍了照片发微博，跟朋友分享教学现场。我垂下眼睑。

然后她提了一些关于教师的语音语调和板书之类的不关痛痒的问题。

然后，完了。

我为了不表现出情绪，低头离场。

如果她知道老师们要走几十里山路来学校，即使全部老师都上课还总是有班级没有老师，工资常年被拖欠，很多支教的老师不但没有工资还要自己每个月掏 200 块伙食费，老师们不但教课，还负责学生的生活起居……是不是能提些更有意义的建议？

我离开教务处，在操场上透气。马校长走过来追上我。

我刚要“吐槽”，马校长笑着迎上来，一句话把我噎了回去：“下节课你上啊？”

我的汹汹气势顿时“啪嗒”一声垮塌在地，整个身体不由自主地向后撤了一步：“啊？怎么……今天……就上啊？”

我在脑子里努力地捞啊捞，想找一些能拉得住的借口，让我能留在原地。

“学校每天都缺老师啊！今天又有好几个班都合并了，老师还是不够。你既然来了，就去上呗。”

“啊，我，他们，我的课……准备得还不够好，还没给你试讲过。”

“你做的那个文件不是给我看过了嘛，写得不错，你肯定能讲好。”

“嗯……”我继续在脑子里捞着，找不到什么借口了。

迟疑间，马校长已经给我指了一间教室。

“就是这个班，三年级，上节课已经空了一堂了，下节课你过来啊！”

我顺着马校长的视线看过去，窗户边，门框旁，露出几个探来探去的小脑袋，几个调皮的男孩子眼睛里闪着光，轮流凑过来看一眼马校长和我，然后笑着跑开。

上课铃响了，我无助地向右转头看马校长，他人已经走了，只留下一句“我有课”的尾音拖在身后。

再向左转头，教室门口三三两两地站着小朋友，半是害羞半是期待地看着我。我看到一个女孩的校服裤子外面套着蕾丝小裙子，还有一个男孩穿着阿迪达斯的运动鞋。他们的生活条件仿佛也没有描述中的那么艰苦啊？我脑子里闪过一丝念头，但马上又被拉回来面对教室的大门。

我的腿比脑子先动起来，走向教室。进门之后，大脑开始飞速运转，想着昨晚备课的内容和想好的开场白。

“上课啦！大家回座位！”

小朋友们动作迅速，推推搡搡地回来了。

“这节课我来给你们讲，高兴吗？”我故作镇静，佯装亲切，其实是在给自己找信心。

“高——兴——！”孩子们齐声大叫。他们真是太贴心了。

我好像感觉不到紧张了，因为没时间了，准备好的开场白是什么来着？我打开手电筒，在漆黑的记忆深处探索着。

“大家好，我叫马铃薯。你们叫我马铃薯老师就好啦！”我转身，拿起粉笔，在黑板上写下自己的“名字”，同时找时间喘息下，组织后面的语言。

“我从北京过来。希望能跟你们成为朋友。今天我们一起上一堂关于环境保护的课。上完课之后，你们会认识两个新朋友，一个是我，另外一个是谁呢？我们先来一起听课。今天我们一起快乐地学习知识，希望同学们积极地发言。”

孩子们没什么反应，但是一切按计划进行，我开始逐渐掌握局面。

“很多人说：地球那么大，人类那么小，什么东西都用不完，为什么还要保护环境呢？可是，人口数量有60亿，而且发明了很多大的机器、厂房、飞机，这些都会对地球产生不好的影响。

“我们每天吃的穿的用的，都是不断地从地球上拿来的，可是现在，因为太多人在从地球上拿东西，同时还排放很多有害的气体、水等，地球已经受伤了。她已经不健康了。我们一起来看一些图片。”

我打开笔记本，给他们看我从网上找到的环境污染的图片，有漂浮的死鱼，有满地的垃圾，有灰蒙蒙的天，还有核泄漏导致的残疾儿童。

孩子们看得很惊讶，不断发出惊呼声。

扭头看看教室窗外湛蓝的天空，真是感慨。在山区，讲到“污染”这个词，要上网去找很多图片来说明问题。而在北京，随手一指窗外，就是千言万语。

但是环保课如果都能在这样湛蓝的天空下未雨绸缪，那些灰的天，又何至于此。

“那我们要做什么来改变这种现状呢？阻止森林砍伐？阻止化工厂药厂排放废水？阻止汽车的尾气？这些我们都做不了，但是我们可以从身边做起，做环保小卫士，保护我们的地球。”

估计多半是因为对老师新奇的缘故，孩子们齐刷刷地睁大眼睛，认真地盯着我的一举一动。

如果这时有一个旁观者的镜头，看到的一定是一个标准的优秀课堂：亲切的老师，乖巧的学生，其乐融融的场面。

身在其中的我，却来不及享受想象中最动人的场景：孩子们一人一双希望工程宣传画小女孩似的水汪汪的大眼睛看着我。

每双眼睛，都是催促，催促我讲出更多更好的知识。

真的跟这些眼睛对视时，我感觉到的更多的是压力。

“我们每天的生活除了日常用品之外，还有一件离不开的就是垃圾。那么这些垃圾被收走之后，都去了哪里呢？现在我们一起跟着一个被扔掉的矿泉水瓶子，看看关于垃圾的故事。”

……

一切顺利，越讲越自如。只是，所有准备好的内容都讲完了之后，我看了一眼表，还有 10 分钟才下课。

紧张的时候语速快，的确如此。我汗……

我面不改色，冷静地做了一下课程总结……还有 8 分钟……

我冷静地布置了一个作业：每个人回去写一封给全校同学的公开信，叫作《我是环保小卫士》，跟大家分享关于环保的知识——还有 4 分钟……

我冷静地说做得好的有奖励……还有 3 分钟。

我……“哪些同学家里有家长在织手工围巾啊，举手给我看看”，有三分之二的同学骄傲地举起手。“非常好，手工围巾也会产生一些剩余布料，这些布料属于什么垃圾呢？”“可回收垃圾！”“非常好，大家要记得帮妈妈把剩余的布料放在可回收垃圾的垃圾箱里！”

丁零零……

悦耳的铃声，救命的铃声，如释重负。

我说了“下课”后，急于离开，去休整一下我紧张过度的小心脏。

随着一声洪亮的“起立”，“老——师——再——见！”学生们齐刷刷地站起来。

我面对着站得齐刷刷的孩子们，内心突然升腾起一股感动。

这时候下意识地想回敬一个军礼，帅气又有力量。但是身为平民，我只能对着他们深深地鞠了一个躬，感谢他们带领我、教导我、陪伴我，完成我人生中的第一堂教学课。

亲爱的Z：

今天我讲了人生中的第一堂课。还记得我以前跟你撒娇说，如果我们分手了，我就去农村支教。就好像每次宝玉说到如果和黛玉分开了，就出家做和尚一样。

出家和支教，都像是一种逃避。

这里的生活如此鲜活。说是逃避，不如说是嫁接。把我这样一朵弱不禁风的小花儿嫁接在宽阔富饶的庄稼地里。根扎得更深，枝长得更粗，花儿也就开得更壮了。

M

马铃薯老师的环保课

学校里来了个“马铃薯老师”的消息不胫而走，下课时有越来越多的孩子围着我，问我什么时候去他们班讲课。学校每节课都有班级是轮空的，所以我的环保课讲了一个又一个班，越来越熟练了。当我每次走进一个新的教室，孩子们都会闪着明亮的眼睛，用热情的掌声甚至欢呼声迎接我。

蓝天、白云、红旗、黑皮肤、白牙齿，那真是一种沁人心脾的享受。

这一节是四年级的课，依旧讲环保和垃圾分类知识——“和垃圾做朋友”。在讲完“可回收垃圾、厨余垃圾、有害垃圾、其他垃圾”的分类之后，为了活跃课堂气氛，我想出了一个“接龙游戏”，让一个孩子想出一个垃圾，点名让另外一个同学回答所属垃圾的种类，以及再想出一个垃圾名称，再指定另外一个同学回答……一直延续下去，直到有人答错，或者断掉，出错的同学要受到惩罚，比如，唱歌。就算没人肯唱也没关系，反正只是吓唬他们一下。

我兴致勃勃地介绍了规则，刚开始，孩子们总是扭扭捏捏地互相推托，有点儿害羞，又很新奇，慢慢地逐渐流畅起来。像击鼓传花一样，每次一个名字被叫到，都引起一阵欢呼。一个调皮的男生一边左顾右盼地跟着答题，一边把自己的胳膊从长袖T恤里面拿出来，跟上身共享一个空间，把自己扮成“无臂大侠”玩着杂技。为了保持游戏顺利进行，我假装没看见。

在一个同学说出“菜叶”，并指定最后一排的某个同学回答时，接龙断掉了。最后一排的那个同学仿佛一直都不是很活跃，讪讪地不太爱说话。

“菜叶属于什么垃圾呢？”我走到他面前，努力启发着。

他两眼看着桌面，不与我对视，只是害羞地笑。

“我数三下，你要是回答不出来，可就要唱歌了呀！”

还是没回应。

“一……二……三……”我无奈地数着，内心琢磨着怎么给自己解围。

“好，有哪个同学愿意帮他回答这个问题呢？”

“厨余垃圾，厨余垃圾！”很多孩子们坐在座位上嚷起来。

“非常好！你们学得真棒！”

这时候正好下课铃声响起，我暗暗松了口气，回到讲台，总算混过来了。

既然下课了，我也不打算逼孩子唱歌。而且那个不爱说话的孩子，估计也不肯唱歌，还是不要触这个霉头。

“唱歌！”有人不干，大声提醒我。

“唱歌！唱歌！”更多的孩子们叫起来。

我做出一副“不是我不想帮你”的表情，笑着对最后一排的男孩子说：“你看，大家都想听你唱歌呢。既然没回答出问题，就得唱歌呀！”

我已经准备好了，如果他拒绝，我就用“还要去别的班上课”脱身，不再继续逼他。本来只是一个游戏，没必要让孩子为难。

没想到，那个刚才一直扭捏笑着不肯看我的孩子，居然抬起头，目视前方，依然带着羞涩的表情，开口唱起了歌，是我听不懂的摩梭语的歌。

我惊讶地看着他笑。

很快，同样的歌声在教室另外的角落响起，然后越来越多。

我明白了，他们唱的是校歌。

现在，全班同学一起合唱校歌。而我，手足无措地站在讲台上，听着这首语言不通的歌，他们脸上羞涩的笑，也传给了我。

活在当下

第二天下午课间的时候，几个孩子在教导处门口探头探脑。

“找你的。”马校长对我说。

“找我？”

两个女孩，两个男孩，依稀看着眼熟。他们见到我，羞涩地交上一张纸，然后匆匆走了。我低头一看，不同的稿纸不同的铅笔字体，有一个同样的题目“环保小卫士——给全校同学的公开信”。

我眼圈一热，深深地吸了一口气。

细细读下来，他们写得很认真。有两篇几乎把我上课讲的内容复述了一大半，可见真是认真听讲了。有一篇是自由发挥，写瓦拉别村的风景多么好，天空多么蓝，也是有感而发。还有一篇，在“公开信”的大帽子底下写了一封给我的信，开头称呼我“马铃”，我猜是小姑娘不好意思叫我马铃薯，故意截取到一个比较像女老师名字的位置。大意是村子风景很美，没有污染，希望我和他们一样热爱这个村子。

拿着这一封封字体幼稚的薄薄的信，比收到第一封情书还激动。

我跟马校长商量着，把广场上的大黑板腾出来，专门贴孩子们的环保公开信。

我们正在黑板上用粉笔写标题时，放学铃声响了。孩子们陆陆续续走出教室，来到操场，有些出了校门，有些却并不着急离开，慢慢围在一起，中间是几个一米多高的装得鼓鼓的绿色编织袋，一个男老师还在继续从仓库里拿袋子出来。

几个学生凑上去，打开袋子，里面露出花花绿绿的颜色。

孩子们并不仔细看，一人几件拿了抱在怀里。看上去是衣服，好像还有被单。

“是别人捐来的衣服。”马校长看到我诧异的目光，在旁边跟我解释。

“他们……不挑挑吗？”

“不许挑，拿到什么就是什么。”

“噢……”

怪不得在学校常常见到孩子们身穿式样时髦的服装，源头在这里。“蕾丝、打底裤、长款衣服、镂空、哈伦裤……”这些流行元素在时隔不久之后，又能在大山深处的摩梭小学再放异彩比肩登场，也算是它们的大幸。

我写完板书，时间还早，就沿着学校外面的山间小路去遛遛弯儿。傍晚时分，抬头依旧是扑面而来的毫无遮拦的蓝天白云。村庄里很多房顶的烟囱已经冒起了炊烟。低矮朴素的平房掩映在绿树中间，远处是大片的田地。鼻子里是植物的香气、泥土的味道，还有淡淡的牛粪味儿，混合成一股让人心安的踏实气息。

昨天晚上下了雨，山间的土地有点儿泥泞。一块有点儿凹的地面积了水，再混上土，变成了浑浊的一片泥洼，如果不想弄脏鞋，很难通过。我在面前踯躅着，盯着它看。这不透明的泥洼，正好倒映了头顶碧蓝的天空和低低的云朵，好像随手撕了不规则的一块天空，扔在地上。旁边一棵结了红豆的绿色植物，低垂的枝条几乎伸到“地上的蓝天”里头了。此刻近处郁葱的林地和远处深浅不一的墨色青山在夕光里，静默如迷。

我坐在泥洼旁边的石头上，静静地享受着这一刻，收在相机里，刻在脑子里。

这时叽叽喳喳的欢笑声传来，接着看到一队孩子，系着红领巾，每人抱着几件衣服，兴高采烈地迎着夕阳往家跑。他们是住在山那边的孩子。

我站起来，对着他们笑，主动说“再见”。

他们看到我，明显有点儿害羞，收敛了打闹声，说句“老师再见”，悄悄走过。看着他们的身影在夕阳下消失在大山深处，画面在这一刻定了格。

没有过去，不想未来，只是安心地享受这一刻，心里充盈着富足、踏实。我相信每件事的发生都是好事，我相信遇到的每个人都是应该遇到的。我相信世界上没有“不好”，没有“不该”，我尊重世间万物所有的存在和所有的感受。我感恩自己拥有的一切，我相信生命中的每分每秒，每纤每毫都是充满善意、值得祝福的。我相信“痛苦”只是自己的感受，就像“幸福”也是一种感受一样。

工作、爱情、钱、青春，我一无所有，却从未如此丰盛圆满。

我想这就是所谓的“活在当下”。

一席一钵一种幸福

天渐渐黑了，回去的路上，我带着“开悟”般幸福的眩晕给尼玛打了个电话。

“报告，你交代的任务我完成得很好，现在学校掀起了环保热潮，大家都知道垃圾分类的知识啦！”

“谢谢，谢谢，功德无量啊！”

“那村子里要赶快换上分类的垃圾箱啊，不然大家会把知识忘掉的。”

“那个……会有的。”

“要买那种颜色不一样的，有可回收垃圾、厨余垃圾和其他垃圾的那种哈！”我脑子里浮现出北京的小区里面的标准垃圾箱的样子。

“前一阵找了几个塑料桶，用油漆写上了分类，放在村里。结果被牛和猪拱坏了。等我再攒攒钱，过几天买几个更厚的桶。”

“噢，好啊。”

我想起今天在学校外面看到的灰色的垃圾桶，用白色的手写字写着“摩梭文化研究会手工传承分会”的字样，原来那是尼玛的作品。

垃圾分类的环保概念真的是在心里，而不在桶上。想想我们小区的垃圾桶，各种颜色材质不同，干净整齐，颜色区分、文字标示都很清楚正规，但是真正能做到“垃圾分类”的又有多少人呢？

相信山里的孩子们能做得更好，即使是用着随时可能被猪拱坏的塑料桶，一样是为环保尽力。

阿七妈妈家今天有客人，一个叔叔带着一个小女孩晚饭前来玩。开饭了，阿七妈妈招呼一下就一起坐下吃，吃到一半小姑娘闹着要去玩，叔叔说吃好了就带着她离开了。

我问阿七妈妈是谁，她说是一个邻居加远房亲戚，过来看看。

我说他们来做客提前打招呼的话还能准备一下。

阿七妈妈笑着说，什么做客不做客的。我们亲戚邻居之间，都是随便来随便走，彼此从来不客气。我们摩梭人其实都是一个大家庭里面的人，互相都算是亲戚。赶上了，就一起吃饭，也不用特意做什么好吃的，家里有什么就吃什么。

“这样好舒服啊，真是大家庭的感觉。”

我想起第一次见面时，尼玛自豪地跟我说起的摩梭文化：摩梭人道德感很强，很有孝道。好的东西要先给老人和孩子是自己幸福感的一种表达方式。所有摩梭人是一个大家庭的兄弟姐妹，不分彼此地协作。最重要的是，每个摩梭人都天生怀有平和、与世无争的满足心态。

果然是这样，如果能把身边的所有人都视为亲人，幸福感一定很高吧。

“是啊，我们有什么好东西都不会自己留着的。”阿七妈妈每晚照例会喝几杯苏里玛酒，然后笑容的幅度和讲话的声音都会变得更大，“你给我带来的点心，还有酒啊，擦脸油啊什么的，我都不需要，我以后都要给别人的。一个人，吃能吃多少，穿能穿多少，哪里需要那么多东西啊！用不了就大家一起用呗！”

阿七妈妈打着手势，指着从我来的第一天起就堆在桌子上的我送给她的北京特产：稻香村的点心、玉兰油，还有酒啊什么的，说得很坦然。

“这些钱啊，东西啊，要那么多都没有用，一家人在一起开开心心是最重要的。”

“良田千顷，日餐不过一斛；华屋万间，夜卧不过五尺”，这样的句子，我们经常挂在嘴边，却有谁记在心里，因此而甘心少赚一些钱，少买一件衫？可是对阿七妈妈和村子里那些摩梭兄弟姐妹们来说，一切本该如此。这不是自我安慰，也不是高尚的选择，而是自然而然。

这些关于人生和快乐的道理，我只是知道，而阿七妈妈已然做到。

“以后围巾卖好了，多赚点儿钱，生活会更开心的。”我憧憬着。

“我教村里那些姑娘织布，都是赔钱的。那些学织布的原材料我们买的都是最好的，可是织坏了卖不出去，我们就自己用。喏，你看，咱们现在桌子上铺的，椅子上垫着的，还有做抹布的那些，都是她们学织布时织错了的。呵呵。”

我环顾四周，其实都是织得挺精美的手工布料，根本看不出瑕疵。追求完美的阿七妈妈还是觉得不够格卖出去，所以用来铺桌椅。

我忽然想到北京的表哥在前门大街有一个旅游用品商店，卖各种工艺品和纪念品。马上给表哥打了个电话，情况还没描述完，表哥就打断了我的话，“行了，别说了，你让他们给我发货吧！”

亲爱的Z：

其实在世界上，没有什么东西是“必须”的，所有我“想要”的东西，都不是“必要”的。

我已经很久没买新衣服、做面膜、吃甜品、看电影、看书、听音乐、读新闻、剪头发、修眉毛了。以前我的生活离不开的东西，这里都没有。可是以前没有的活力和温暖，这里都有。

重要的是，我变得越来越有力量了。

M

并不免费的午餐

为了减轻温泉完小的伙食负担，我中午通常都回阿七妈妈家蹭饭吃。

今天阿七妈妈外出有事，我提前和马校长商量了，中午在学校和他们一起吃饭。

中午下课后，炊事员用大盆装了菜和饭，分别放在操场中间，学生们排成两队，拿着搪瓷饭盆，有秩序地先打饭，再把菜浇在饭上。

负责打饭的是我教过的两个学生，我走过去，看他们大盆里面的菜。

远远望去，白茫茫一片。

走近细看，是清水煮白菜。

只有清水和白菜。

没有蛋花，哪怕是很稀的蛋花；没有肉片，哪怕是很肥的肉片。

学生们把清水煮白菜浇在白米饭上，在教室门口的房檐下蹲成一溜儿，一边说笑聊天，一边津津有味地吃着。

我心里一阵难过，去找马校长。

“学生们就吃这些？他们得长身体呀！”

“现在能够吃已经不容易了，前几年，吃白菜都还要限量呢。”马校长看着远处打饭的孩子们，面色凝重。

“学生吃饭、住校，国家难道没有补助吗？”

“有，但是常常不到位。即使到位了，也不够。学校下拨的每个孩子的伙食费是 4 块，实际成本是 5 块，还不能吃肉。我们这里老师也不够，都要自己外聘，也得有口饭吃。有的义务支教的老师，还得自己掏饭钱。做饭的厨师是从外面请的，要有工资……反正缺口很大，而且每增加一个学生，每年就有几百块的伙食费缺口。”

我不知道说什么好，心里堵得慌。

马校长忙安慰我：“快去吃饭吧，他们等着你呢。”

我走进教师餐厅兼开水房兼休息室的狭小房间，几个老师围坐在餐桌周围。一个女老师连忙招呼我快坐，说马校长交代了，今天我在这里吃饭，特意做了一只鸡。是那位女老师亲自做的。

桌子中间的粗瓷碗里，果然盛着明黄澄亮的红烧鸡块，色泽诱人，香气扑鼻。

女老师给我夹了一块放在碗里。

我看着鸡块，眼前浮现着操场上的水煮白菜。

然而鸡块的香气好诱人，我还是吃了。

我咬了一口，心里不由得默默大喊："天哪，真好吃！"

我从小都不怎么吃肉。我没有宗教信仰，只是不爱吃肉。算命先生说我"与佛有缘"，也许是这个缘故，也许不是，总之我想到我正在吃的是一个生命的某一个部分，总是觉得很别扭，想象着某天人类的一些部位也会以同样的方式出现在别的生物的碗里。

但是这一口红烧鸡块，是真的好吃。可能是山里的柴鸡的确与众不同。或者——屈指算算，我也有两个礼拜没吃汉族饭了，也许这味道更合胃口。

我抵抗着内心慢慢鼓胀起来的罪恶感，虔诚而享受地吃完了这个小小鸡块。然后，又夹了一块。

真好吃啊！

这是我吃过的最好吃的鸡块，迄今为止都没能再超越。

我知道老师们也难得吃一次鸡，所以控制着自己的筷子，只吃了两块，尽量让给他们。

我吃了一碗饭，两块鸡块，一点儿青菜。还没饱，可是不想吃了。

那一盆水煮白菜总是在心里晃。

相见欢

前几天接到电话，我在北京的闺蜜Julie刚刚辞职了，看到我发的微博照片馋得不行，要来找我玩。这是一个大大咧咧、性格爽快的射手座姑娘，我向她描述的艰苦条件不能动摇其决心分毫，反而激起了她的强烈兴趣。反正我一个人也有点儿孤单，“西归浦”也不能陪我说话，于是我跑去问阿七妈妈。

“你的朋友当然欢迎呀，不就是多一双筷子吗？还能跟你做个伴。”阿七妈妈笑得很爽快。

于是，今天下午我跟马校长请了假，约了邻居摩梭小伙子次里的小卡车，去镇上接Julie。

和我来的路线一样，Julie也是由尼玛送上中巴车，颠簸了8个小时到县城。她下车见到我，还是一副精力充沛兴高采烈的样子，冲上来拥抱我。看着她的Dior墨镜和红色的指甲，我有点儿恍如隔世。

坐着次里的车回村子的路上，我跟Julie自吹自擂着我在学校的各种“成就”，尽量忠于事实，但是难免夸张：

全校几十个班的学生都听过我的“与垃圾做朋友”的环保课，我已经收到了几十封《环保小卫士》的公开信；我还根据《幸运是可以学习的》一书，开发了“幸运课”，课本上的知识谁讲都差不多，可是我想给孩子更多自我成长的机会，在他们心里种下一粒乐观、积极的种子；然后，我还顶替了一个老师，教六年级的语文课。每天晚上上网查课件、备课，白天讲课，已经讲了好几篇课文和写作课了；他们还给我写信，说希望我留下来……

“山里的小朋友素质真高啊！心里的不满都不会表现在脸上。”Julie对真正喜欢的朋友，从来都是这种打击式的表扬。

“是啊，就像我对朋友的态度一样。你看，我还不是一样过来接你！”还好我对朋友表达欢迎的方式也是一样的，所以我们彼此谁都不吃亏。

把Julie带到阿七妈妈家里，放下行李之后的第一件事，就是把她扒光——我们赤裸相见，一起去泡温泉。既然是在“温泉村”，当然有这个福利啦！

这里有新旧两个温泉，温泉水从挖都山山脚的岩缝里涌出，四季清澈，水温恒定为37摄氏度。高原矿物质水能治疗很多疾病。据说以前的摩梭温泉是男女共浴的，也是阿夏们约会的场所，现在被筑墙分为不同的部分。

我和Julie一人交了五块钱进门。温泉池约有二十平方米，有一个年轻妈妈带着一个三四岁的小男孩泡在池里，抬头看到有外地人进来，羞涩地往旁边让了让。我们走进池里，才发现温泉水是活的，从前往后流，正好把水面的肥皂泡等污物带走。我们也学着当地人的样子，走到对面的池边靠墙坐下，享受上游的水流。

水温刚刚好，非常舒服，有淡淡的硫黄味儿。

无视同浴的小男孩在水里尿尿的话，真可谓是“温泉水滑洗凝脂”，我们泡得心满意足无欲无求，开心地穿衣服离开。

走出门，正是最美的傍晚时分。田里的庄稼只有一尺多高，夕阳把它们照得金晃晃、毛茸茸的。有几只牛，在小溪边的草地上摇着尾巴，有一口没一口懒散地吃着草。远处山峰的底色上，各家的炊烟袅袅升起。我脑子里同时涌起好几首关于牧童、老牛、乡村，以及炊烟的歌，张开嘴才发现，都是些零散的词，连一整句都唱不出，只好气沉丹田，喊了一句内涵丰富的“啊——”，就闭了嘴。

迎面走过来一群学生，三三两两欢快地跑着。路过我和Julie的时候，停下脚，认真地道一句“老师再见”，再接着跑。我自豪地跟Julie宣称：这些都是我的学生。

“多淳朴的孩子啊，可别把人家教坏啦！”Julie笑着回了我一句。

此情此景，真的是心旷神怡，通体舒泰。我们停在地里的一个草垛前面，深深地吸气，休息。

看看表，现在正是上班族们下班的时间。我们在北京的朋友们，或者正挤在地铁里一边闻着腋臭，一边流汗却抬不起手来擦；或者正留在公司加班，一边抱怨，一边琢磨着叫哪家公司的外卖，其实无论叫哪家，结果都是一样的不好吃。

我用手机拍了一张眼前景色的照片，发条微博：“你在屏幕上看到的这个景色，现在就在我的眼前。”

“你太坏了！”Julie 显然是刷出了我的那条微博，扭头评论道。

是啊，这样的对比，的确是够强烈。

在不同处境中的人，通常像在围城里外一样，互相羡慕。但是现在，只有他们羡慕我，我却毫不羡慕他们。

“你还难过吗？”Julie 小心翼翼地问我。

我知道她在说什么，我还难过吗？

“现在想起前男友，像是好久以前的事了，好像是上辈子的事。”我看着不远处一只牛一直在甩动着尾巴，赶着想要落在它身上的苍蝇，“我知道那件事曾经对我很重要，记忆都很清楚，但是回忆起来只有画面，没有感觉。还是会有一点点痛，但是这种痛，只是提醒我曾经拥有过那些美好的东西，是我经历过的一个证明。”

“你真棒，祝福你！”Julie 微微地摇着头，对我张开手。我的眼泪很多次弄湿过她的肩膀，看到我现在的释然，她一定非常欣慰。

我也伸手拥抱她。

如果把镜头拉远，两个眼角湿润的女孩在广袤田野，太阳余晖里拥抱，一定是个很感人的文艺场景。旁边还有一只牛，兀自甩动着尾巴。

亲爱的Z:

我还想你吗?

来了摩梭村之后，我经常问自己这个问题。

答案是，我经常会想到你，但是很少想你了。

在很多场景下，还是会想到以前的一些画面，想你曾经说过的话，或者如果你在会怎么做。但是那不是思念，是像老朋友一样的习惯和惦记，几乎没时间心痛了。

我还想你吗?

但愿那不是思念，只是像老朋友一样的习惯和惦记。

M

星空、地图和织女的下午

“我想上厕所！”

熄灯之后，我们聊了没一会儿，Julie突然晴空霹雳地宣布。

晚上上床前，我带Julie参观完厕所之后，得意地跟她讲了我“安全运行二十天无事故”的晚八点以后禁水的创意。她表示赞同。没想到，刚来的她没控制好饮水量，终于还是提出了这个要求。

我觉得自己应该陪她去，可是想到外面又冷又黑，我裹紧被子，硬起心肠打算做一个不仗义的朋友。不管Julie的死活，横竖不出被窝。

“桌上有个矿泉水瓶子。”我建议她。

“走开！”她冲我嚷。

又哀求了一会儿之后，绝望又气愤的Julie开始窸窸窣窣地穿衣服。

我爬起来，帮她打开灯，“我目送你哈，我的精神与你同在。”

“走开！”这是Julie表示不满时的口头语，以往说时都带着撒娇的语气，这次是这个词本来的意义。

我躺在被窝里，一边同情Julie要走那么远的黑路，一边庆幸自己不用出被窝，实在是好舒服，当然我也清醒地意识到，如果下次我有类似的需求，也绝无可能得到Julie的帮助……

一阵急促的脚步声传来，Julie回来了，这速度超出我的预料。她一进门还没喘匀气，就惊喜地对我大叫：“星星！星星！太美了！有银河！有整个星空！”

“啊！星星？”我意识到，每天八点之后禁水的政策，让我错过了高原山区的这个顶级特产。

“特别特别多的星星，多到让我犯了密集恐惧症。”

Julie有密集恐惧症，每次我们看到充满画面的点点，或者虫子，都会用来打趣她，触发她的紧张情绪。但是在这里，用星星触发密集恐惧症，实在是一种天大的奢侈。

当密集恐惧症患者仰望满天繁星，实在是一幅美妙又幽默的画面……

“咦？你怎么还有精力仰头看天啊？你还去不去厕所了？”

“呃……是这样，阿七妈妈家的院子里，有一个花池，土特别干，肯定很久没有浇花了……”Julie 一本正经地回答我，然后手脚麻利地爬上床。

“啊？你！明天我告诉阿七妈妈去！”我躺在床上笑得上气不接下气。

“走开啦！”Julie 的话里，又有了撒娇的语气。

第二天一早，我们起床去吃早饭时，路过花池。我看到旁边的水泥地上，有一块浅浅的印记，蜿蜒通向里面的泥土。而花池里几朵红色的大花，挺着胸脯，开得比往日更艳。

我冲 Julie 丢过去一个眼神，她装作没看见，正色走向我，然后路过我，对着我身后的阿七妈妈道了声“早”，开始洗漱。

瓦拉别村的日子过得田园牧歌一般舒缓愉悦。

每天白天，我和 Julie 一起去学校，我讲语文课和幸运课，Julie 帮马校长做些文案工作，有时候，也讲一些她自己编的趣味数学或者智力题。学生们很喜欢听她的课，她总是能用类似“关在同一个笼子里的鸭子和猫，共有 24 个头，68 只脚，那么这个笼中的鸭子有多少只？”这样的问题，让孩子们开心地被绕晕掉。

我们通常在下午四点左右回到院子里。伴着阿七妈妈和大妈的织布声，上网查资料、备课，或者看书。有时候，我们四个互相搭两句话，开个玩笑。有时候，阿七妈妈和大妈织布织得开心，会一起轻松地哼着摩梭歌曲，我和 Julie 就停下手里的事，相视一笑，静静地听。

院子里各色花舒展地开着，土狗小七安静地追着自己的尾巴玩，织布机吱吱地响，各色缤纷的棉线在窗口挂成一条彩虹。

“土地平旷，屋舍俨然，有良田美池桑竹之属。阡陌交通，鸡犬相闻。其中往来种作，男女衣着，悉如外人。黄发垂髫，并怡然自乐。”

走婚

“阿七妈妈，‘走婚’到底是怎么回事啊？您给我们讲讲。”有一天，我和Julie实在憋不住好奇，问阿七妈妈。

外界对于走婚的传言很多，神秘又香艳，引人遐想，事实上的走婚风俗到底是什么样呢？这个问题，问曾经走婚的资深摩梭阿妈最合适啦！

“走婚啊！”阿妈笑着抬眼看了看远处在院子里打水的叔叔，“走婚就是男不娶，女不嫁，生了孩子舅舅养。你们不是都知道吗？”

“这些杂志上也都看到过，可是，如果不结婚的话，会不会有点儿……没责任感呢？”我斗胆问出一直想问的问题。

“没有责任感？我们摩梭的走婚，可是世界上最有责任感的风俗啦！我们对感情负责着呢！”阿七妈妈变得有点儿严肃，我们也紧张起来。

“你们城里人嘛，动不动就结婚，结了婚，动不动就离婚。离婚的时候就分财产，分不好还打官司，还要抢孩子，孩子多难过。我们摩梭人嘛，喜欢就在一起，两厢情愿。你不靠我养，我不靠你养。你有钱嘛，各回各家，你没有钱嘛，还是各回各家。”

“那，如果有男人花心，想分开呢？”

“我们这里没有嫁鸡随鸡的说法，也没有什么父母之命。男的女的都有主动权。有人不想在一起了嘛，那就分开，天下男子到处有，女儿国的女子任我求嘛。在一起嘛，也不是为了谋生，分开嘛，也都能活得好好的。”

“如果有了孩子怎么办？”

“有孩子舅舅带着嘛。两个人在一起不在一起，孩子都是舅舅带嘛。在一起不在一起，都是看感情，看互相喜欢不喜欢，简单得很。”

我恍然大悟，怪不得这里的亲属关系这么简单和谐，摩梭人根本不存在离婚、寡妇、流浪儿、子女无人抚养、财产分配不均等社会问题，他们的感情观和社会观，更直接，更独立。

我爱你，跟你的财富、身份、家庭、地位无关，我不依赖你，只是选择和你在一起。

如果我不爱你了，我也无需跟你的财富、身份、家庭和地位告别，我只是做回我自己，继续走我的路。

走婚后，如果感情不和，更换“阿夏”也是常有的事。

摩梭人并不是对某个人忠实，而是忠于爱情本身。不欺骗自己，不委屈自己的感受，不勉强自己跟不喜欢的人生活，不会因为爱情之外的任何原因做看起来像爱情的事。

我突然想起了，远在地球那一端的塞维利亚的卡门。

摩梭人的表达方式更温和，但骨子里的自尊自爱是一样的。

这难道不是爱情本来的含义吗？这其实才是“纯洁”的爱情，对吗？

我们要经过那么多的隐忍，最终实现“白头偕老”，究竟是“爱情”的胜利，还是对自我的妥协？或者只是通过不断改变自己，成功地避免孤独？

爱情，究竟是一种感觉，还是责任？

如果爱情是责任的话，就意味着，当我说“我爱你”时，我除了给你爱情，还要给你很多爱情之外的东西。

如果爱情是责任的话，就意味着，当我不爱你时，我必须逼着自己继续爱你，或者假装爱你。

如果爱情是责任的话，就意味着，我要对你的快乐负责。但是如果委屈自己只是为了让别人快乐，那么这是爱，还是慈善呢？

你要问我母爱吗？母爱是爱，因为妈妈对孩子付出，内心感受到的是无比的快乐和欣慰。当孩子快乐，妈妈甚至比孩子收获更多的快乐。所以妈妈的精神是快乐的，即使有时看起来会付出很多。

上心理学课的时候，看到过《社会心理学》对于“爱情”的标准定义：

“爱情是人际吸引最强烈的形式，是身心成熟的个体对异性产生的有浪漫色彩的高级感情。”

很明显，对爱情的定义是以高度而不是长度来判断的，所以认为“时间够长才是真爱”的观念，我不敢说错，但的确不符合科学上对爱情的定义。

东西好坏不以时间长短判断，是这样吗？

“那么，如果不结婚的话，家里人也不知道谁在和谁‘走婚’，不是太随意了吗？”Julie又问道。

“谁说不结婚就没有仪式了？走婚对摩梭家庭来说是件严肃的大事。我们也会有正式的仪式，有证人，有父母参与，要向长辈和祖宗行礼。男方会得到女孩子用摩梭麻布亲手织的花腰带，喏，要不怎么我们摩梭姑娘都会织手工艺品呢！”

阿七妈妈自豪地指着窗边一摞摞花花绿绿的围巾示意我，“女方呢，也不会跟男方要彩礼，我们摩梭人嘛，男女都是平等的，感情比钱重要得多。”

“那如果感情一直很好呢？”

“感情好嘛，还有什么可说的，走婚的次数越来越多，关系就稳定下来，白头偕老嘛，跟你们结婚是一样的呀。”

“结果是一样的，过程是不一样的”，我边想边说，“一个是随时可以走，但是我选择留下来。一个是既然不能走，我就好好留下来。”

亲爱的Z：

果然是“一分钟就能决定爱上一个人，但是要用一生才能明白爱是什么”。

对于爱情，我有了更多的了解。

我从未如此理解，甚至尊重你的选择。而且，当我尊重你的选择的时候，我忽然发现，我也更尊重自己了。我不再觉得自己很可怜了。

M

卖围巾的小女孩

我和做公关的Julie商量着，动员口碑营销的力量，帮阿七妈妈推广围巾。

“围巾不能叠好了放在桌子上，得戴起来才显得好看！”

“那么，谁戴？”

“我们俩啊！咱们胜在笑容灿烂，面目喜人啊！”

“还是我给你拍吧！”

“不不，都要拍啊。咱们俩，一个红玫瑰，一个白玫瑰。一个白素贞，一个小青。一个赵飞燕，一个杨玉环。一个紫霞仙子，一个白晶晶啊！”

我们找出仅有的几件衣服，把头发系上去或放下来，变换着简单的造型，努力和阿七妈妈美丽的围巾搭配出不同的风采。

拍照，上传，修图，剪切，拼接，编写文案。

我们花了一晚上的时间，上传了一张“摩梭手工围巾目录图”，逐一编码便于选购，并且@了很多微博上的朋友们。

一定是因为阿七妈妈的围巾又美丽又有品质，也一定因为尼玛的广告语写得直击人心，也因为朋友们都有一颗善良美好的心，当然，也许还因为我们的模特展示效果还不错，总之，这条微博反响热烈，当天晚上就有几十条订单，有的朋友五条、十条地买了送人。他们说，这种带着祝福的手工产品，送朋友最贴心。

之后的几天，随着公关、广告圈子的朋友不断地转发，陆续有一百多条的围巾订单。人缘超好的公关女精英 Cris 被阿七妈妈的故事打动，卖力地跟客户推销围巾。于是又有中金集团、乐途服装等大公司，有意向购买几百条围巾送给外国客户当礼品，或者用于促销。

“你买围巾吗？”是我们在那段时间里，和朋友电话沟通的开头语。

馋

“最近总是觉得嘴馋，看见什么都想吃。”某天下课，和Julie走在泡完温泉回家的路上，我恹恹地说。

“你一定是有了！”Julie假装给我道喜。

“走开！”我也跟Julie学会了这个词。

“其实我最近也特别想吃零食，越不健康的越好，比如，薯条啊、麻辣烫啊、地沟油啊……”

“我觉得咱们是——馋了！”我们俩异口同声，然后放声大笑。

山里本来食品的种类就不丰富，青菜都是靠自家在房前屋后种一些，品种也不多。肉和鱼是腌制的，来客人的时候切下来一点儿做菜吃，其他零食小吃，想买也没地方卖。只有去镇上的时候，才有机会买些日用品和吃的。但是去趟镇上，往返要半天时间，所以很久才会去一次。

平时，阿七妈妈通常会给我们做火锅、苦荞饼、蒸土豆、腌辣椒、酸萝卜。刚开始觉得很好吃，但是吃时间长了就有点儿单调。就像鲁智深在五台山出家时，“几日没吃酒，嘴里要淡出鸟儿来了”。

行动力超强的白羊座，加上容易冲动的射手座，我们俩在一起找食的话，不能说“鸟为食亡”，但肯定也不能空手而归啊。

很快，我们把目标集中在了路边刚刚成熟的玉米上。小伙子的腰杆一样挺拔的茎，和蔼的老爷爷的胡须一样的穗子，剥开来看，小朋友的脸蛋一样鲜嫩柔软的玉米粒……

眼见四下无人，我们在玉米地进行自助采摘。

现在想想都是一身冷汗，如果那时候有个把学生路过，会不会三观都被颠覆了……

走过夕阳笼罩的田野小溪，我们在回去的路上尽情地享受着这颗生玉米，从未体验过的清冽芳香，咬一口，就有乳白色的浆液流出来，甜甜的，香香的，沁人心脾。

也许是美景衬托美食，也许是美食呼应美景。这颗生玉米带来的愉悦，至今记忆犹新。

进门之前，我们及时处理了罪证——玉米棒子，彼此照看了脸上、牙缝里没有玉米残骸，然后坦然地走进阿七妈妈家的院子。

我先回去放东西，Julie 去洗手。

一会儿，她神神秘秘地跑回来跟我说："我看到厨房门口的桌子上有一盘枣，一定是给我们准备的！"

"是吗？快拿回来几个！"阿七妈妈有时候会准备一些好吃的给我们，所以我很愿意相信这个推论。

"好！"Julie 二话没说就出去了。

很快，Julie 拿着一袋打开的"阿胶枣"回来了，"放在盘子里的我没敢动，这袋子在旁边，肯定是从里面倒出来的，我们可以吃这个。"

"吃呗！"我一把把袋子抢过来，"一会儿跟阿七妈妈说一声就行了。"

好久没吃甜食了，几个阿胶枣下肚，我们都做享受状。

我们很有节制地一人吃了五个，正要让 Julie 放回去，我突然意识到什么："且慢，我怎么觉得这个袋子这么眼熟啊！"

这仿佛是……是我来的时候，给阿七妈妈带的若干好吃的当中的一种啊！

细看袋子上印的产地：北京市海淀区 XXXXXX，没错，这就是我自己带来的啊！

好囧啊！

Julie 也在一旁调侃我："原来你是带来给自己吃的啊！"反正她刚吃了甜枣，不在乎我会不会对她不高兴。

"就算是赠人玫瑰，手留余香吧。再说，反正阿七妈妈说，好东西要分享！"对我努力找的各种借口，Julie 都不屑一顾。

晚饭时，阿七妈妈把一盘阿胶枣端上桌子，"今天刚看到这个，你们肯定爱吃。"我和 Julie 都心虚得没好意思动手。

过了一会儿，阿七妈妈再让，我只好嗫嚅着说："今天下午，我们吃了袋子里的。"

阿七妈妈笑着说："你们都吃了吧！这个太甜了，我不爱吃！"

格桑花海

听说永宁镇上有一个扎美寺，是唯一的摩梭佛教寺庙。我和Julie约好了，周末时候去玩。还是约邻居小伙子次里的车，从村里出发不久，路过稻田的时候，我们忽然看到远处绿色的田地中，有一大片缤纷的颜色，就像一块大花布被铺在绿草地上，正准备野餐。

“那是什么？”我们着急地问次里。

“不知道啊。”次里对那团颜色毫无兴趣。

“开过去，开过去！”我们两个兴致勃勃，“看看是什么。”

“没有路啊。”次里发愁。

“绕过去嘛，去看看，好漂亮啊！”

车子越来越近，我们慢慢地看清轮廓，那些缤纷的色彩，居然是——花。

“是花！太棒啦！”我和Julie兴奋地拍着后座的椅子大叫，“是花啊！那么大那么大一片的花啊！太美啦！“

“好像是格桑花啊，以前没注意这里有这么大一片花呢。”次里自言自语，显然他对这类植物有天生的免疫力。

“开过去！求你啦，开过去！”我跟Julie的身子已经从后座探到驾驶室，连哀求带裹挟，一起在次里耳边大叫。就像卖火柴的小女孩看到烤鹅，脑子失去思考能力，只是本能地想要。这么大的一片花海，我这辈子从未见过。

“好好。这里到底为什么会有这些格桑花呢？”次里难以理解我们为什么这么激动，不过他对这片花也有兴趣。他好奇的是，在一片田地之间，为什么会有这么大一片格桑花的存在。

车还没停稳，我们就夺门而出，屏住一口气跑到这片花海前，猛地停住，深深地呼吸，无语。

四下无人。广袤田野当中，兀自盛开着方圆一千米左右的格桑花，以最舒展最灿烂最恣意最奔放的姿态。美得让人想哭，想喊，想发疯。

这一天非常晴朗，天蓝得透亮。远处是摩梭人心目中的圣山——格姆女神山。在蓝天和神山的背景下，白色、浅粉色和深粉色的花朵，微微地随风颤动。

我不知道该做些什么，只是静静地站在面前，随着花朵的颤动呼吸起伏。我真希望，能成为它们的一员，能以它们的方式，告诉它们，它们有多美。

如果我是一只小狗，可能会撒欢儿地跑进花海里面，翻滚、撕咬、奔跑、撒野，这正是我现在想做的。

可是我现在能做的，只是拿出相机。

拍照，有的时候，并不是为了留念，而是渺小的人类在面对壮观的自然景色时的一种情绪的表达。

可是取景器里的景色，不如眼前的十分之一。

照片拍得出花朵鲜艳的颜色，可是拍不出它们张狂的生命力；照片能拍出蓝天的晴朗，可是拍不出花丛中那种深沉的田野香；照片拍得出格姆女神山的辽远厚重，可是拍不出它的神圣和灵气；照片能拍下我们的笑容，可是拍不出我们疯狂的兴奋喊叫声。

我们用了各种姿势，各种高度，从各种角度为格桑花海留影。但是怎么拍都觉得不能展现它的美，索性放下相机，静静地坐着。

阳光暖暖地照在身上，格桑花朵在身边随风轻摆，偶尔有蜜蜂嗡嗡飞过，时间在这一刻停止了。不知道次里跑到哪里去看花了，我们只是坐在花丛里，贪婪地呼吸着这里所有的味道，摄取着所有的色彩，努力把画面印在脑子里，把感觉塞到记忆里，一遍又一遍。

次里找到我们的时候，天已经快黑了。再不走，扎美寺就要关门了。

车开走了好久，我们还一直望着格桑花海的方向，直到看不见了。

次里一直说，他经常开车进出村子路过这里，没见过这片花海。回家问了阿七妈妈，也说不知道田地里会有一片格桑花，不像是天然的，可是也不该是有人种的呀。“好奇怪！”阿七妈妈说，“不过，在格姆女神山下，出现什么壮观的景色都是有可能的，因为这里是神的地盘，会有神迹。”

告别

Julie 出疹子了，全身都有。

起初是像米粒一样的小红点，我们以为是蚊子叮的。虽然睡觉都穿着长衣长裤，可是也许山区的蚊子有特别的威力呢。

过了几天，那些小红点越来越痒，Julie 每天没有一刻“老实”，连上课时都不时偷着挠来挠去，而且眼见着小红点从米粒大变成了按钉大小，有逐渐红润勃发之势。

Julie 已经退化成一只抓耳挠腮的小猴子，我带她去村里的药店。卖药的大叔只轻描淡写地瞟了一眼，便断定：“是跳蚤咬的。”他让我们买了一种没商标的药水，说每天多涂几次。

回到房间，我帮郁闷的 Julie 涂药水，看着她身上、腰上、腿上密密麻麻的一片，真让人心疼。说是跳蚤咬的也不像，不可能咬这么多的。

“天哪，我的密集恐惧症又犯啦！”Julie 坐在床上大叫。

是啊，当密集恐惧症患者在自己身上看到密集而产生恐惧，实在是——无药可救。我深表同情，只能尽量用语言安慰她，并且尽职地每天帮她涂三次药水。

当天晚上，我在自己腰上也发现了一圈小红点，并不严重，也不痒。

三天之后的某个早晨，我被 Julie 凄惨的叫声惊醒，原来她身上的红包都鼓起来，呈粉红色，表面晶莹剔透，吹弹可破，颜色质地都像极了熟透了的粉色石榴籽儿。

我开玩笑，叫她《唐伯虎点秋香》里面的石榴姐姐，她明显没有心思回应我的玩笑，厌恶地扭开头。

当天晚上下课后，我们叫了辆车去镇上的医院。

医院是个小小的院子，只有一个房间开着门，可是没有人。我们大喊，然后坐等。

没锁门，应该不是下班了吧?

Julie 愁眉苦脸地不说话，蜷缩在我旁边的长椅上。

过了十分钟，一个穿着便装的人出现了，问我们什么事，貌似是值班医生。他说就要下班了，所以已经换了衣服。

“好了，人命关天，别纠结衣服了。”Julie 拉拉我。

于是 Julie 又开始做那件她每天做十几次的事情——挽起裤腿和衣袖，展示她的“小石榴”。

“过敏！”这个医生的口气和村里药店的大叔一样斩钉截铁。

医生利落地开了一支皮炎平给我们。

我们不太相信他的诊断，可是实在没有其他办法。其他的医院在更远的地方，今天肯定去不了了。

照例每天早、中、晚按时涂药，但是没什么变化。

“我要回北京！”几天后，Julie 终于忍不住了，哭丧着脸跟我说。

我想了想——也该回去了。

我被阿七妈妈的饭养得肥肥的，被学生们的笑容滋润得美美的，被摩梭手工围巾裹得暖暖的，被高原大片的格桑花映衬得像花儿一样灿烂，是时候带着所有这些正能量，回到原来的地方，重新开始自己的生活了。

离开瓦拉别村的时候是早上五点，天还黑着，阿七妈妈坚持出来送我们。

她紧紧地拥抱了我，我发誓说一定会再来。其实哪里是对阿七妈妈说的，根本就是对自己发的誓。瓦拉别村的温泉能荡涤心灵。这里清新的不仅是空气，晴朗的不仅是天空，温暖的不仅是太阳，灿烂的也不仅是格桑花。

这里的人心最干净，于是一切都是干净的。

我借口要赶镇上的早班车，着急离开。因为告别的场合我总是词不达意，最真挚的感情总是很难用语言表达。那些美妙的词语，每被别人说过一遍，它的真实性和浓度仿佛就下降一分。

词语形容不出这个地方的美好，但是它的美好却在我心中长久地存在。

来日方长，后会有期。

亲爱的Z：

每次告别一个地方，就像告别自己的一部分。

但是告别的是旧的自己，迎来的是更新的。

就像不断在用更好的替换以前的细胞。

于是每一天的自己都是最好的。

M

泸沽湖距离瓦拉别村有一个多小时的车程，我们在这里待了两天。

整个湖面上方都飘荡着侃侃的《滴答》，满街被牵着供游客收费拍照的牦牛，停着等游客租了环湖的蓝色出租车，还有各种经营摩梭特产和服饰的生意摊。做生意的人，却大多并不是本地人。

“摩梭文化”已经成为一个卖点。

听说为了扩大旅游，泸沽湖快要通飞机了。以后来这里，就不用飞到丽江，再坐好几个小时的大巴了。所以来的人会更多，生意会更多，生意人也会更多……

跟阿七妈妈的告别是暂时的，我知道迟早还会回去。人不回去，精神也会时常回去，但是跟泸沽湖的告别是永久的。神圣纯洁的泸沽女儿湖，田园牧歌式的摩梭人的发源地泸沽湖，她的纯净，再难寻觅。

用付出的形式收获

和Julie一起坐上丽江飞往北京的飞机时，我们都比来时重了很多，我是说，头脑。

“你说，我做了好事，教了那么多课，为什么还会长包呢？”Julie在座位上，一边例行查看着她四肢的“小石榴籽儿”，一边对我说。

“做好事就要有好报吗？”

“是啊，好人有好报嘛！”Julie的小石榴籽儿已经日渐萎缩了，现在变成一个个棕色的点点。

“你的好报，就是你的这段独特的经历和当时收获的好心情，这就是最大的回报。”

“噢，也是，虽然是做公益，但是的确很开心呢。”

“你真的认为自己是在付出，而不是索取吗？”

“嗯？咱们拿什么了？拿了个玉米还是生的。”Julie念念不忘。

“我觉得咱们根本就不是去给予，而是去拿的，还拿了不少。我问你个问题吧，你觉得花钱买什么最值？”

“什么叫‘值’啊？”Julie问的这个问题很到位。

“就是怎么花钱最开心，买来的享受最大。”

“嗯……买衣服、去旅行，要不雇一个美女报复前男友……哈哈哈哈！”Julie 满脑子天马行空，还没说完就把自己逗得乐不可支，仿佛五百万已经到手了。

“美国人曾经做过一个调查，问钱用来购买什么最快乐。答案五花八门，关于花钱的方法，每个人都跟你一样，很有创意。但是最后统计下来，结果却令人意外，排名前两位的花钱最值的方法，分别是：购买经历、给别人花钱。

购买经历最快乐，是因为买具体的物质可能会贬值、会折旧，就算是保值全新的，过几天自己不喜欢了也是白费。”

“嗯，自从满街都是 LV 之后，我的朋友们再也不背她们的 LV 了，不管 Made in 法国的，还是 Made in 秀水的，都不喜欢了。”

“但是购买经历，比如，旅行是永远无法复制的经历。即使相同的人去相同的地方经历也会不同，同样的人每次去同样的地方感受也不同，所以旅行的独特经历，加上个人主观感受的发酵，会形成每个人特有的财富，而且会随着时间的增加感触越来越深，而不会褪色。”

“比如咱们俩的这段经历，简直太帅了！”Julie 已经完全忘了“小石榴籽儿”的事了，我窃喜。

“第二个，给别人花钱，通过让别人快乐自己得到的快乐，比直接满足自己需求的快感还大，所以很多人做公益也是这个道理，付出的人比接受的人获得的快乐更大。”

“怪不得那些大富翁、企业家，最后都会去做慈善，原来是奢侈生活带来的快乐已经无法满足他们。他们要通过让别人快乐来得到快乐。”

“是啊，让小学的孩子们快乐，你快乐不快乐？一样的道理。”

“那果然是‘好人有好报’，此言不虚啊！”

“是的，不是不报，也不是以后才报，是你做好事的当下，心里的快乐就是最好的回报。”

亲爱的Z：

世间所有的事情，都只在发生的当下有意义。

事过境迁，无论是回报，还是报复，都是刻舟求剑而已。

在我们在一起的三年里，你给我的所有快乐，就是你给我的最好的礼物。

谢谢你！

M

Part X >>>

最好的告别 | 是将你遗忘在路上

回北京已经一个月了，整个人还处在亢奋的状态里。

世界一切如故，股市创了新低，房价创了新高，PM2.5 依然在天空中遮挡着远处的西山。身体之内却发生了天翻地覆的变化。无论晴雨，永远碧空如洗。

朋友说我变漂亮了，我想是我比以前笑得更多了，而笑是最好的美容霜。我的嘴唇更优美了，因为它讲出了更多亲切的话； 我的眼睛更明亮了，因为懂得要看到别人的好处；我的身材更加苗条了，因为分享远比独享更快乐；我的姿态更加优雅了，因为我知道每个人都有自己的路要走，而大家的目的未必相同，无论能彼此同行多久，都是值得感恩的缘分。

所有这些令我焕然一新的变化，来自于路上遇到的每一处风情、每一个人，尤其是每一个困难，都在帮我变成更好的自己 。亨利・米勒说，旅行的目的地，永远不是一个地点，而是一个新的视角。从这个意义上说，经过差不多一年的时间，我终于达到了这次旅行的终点——我自己。

爱情能够带来快乐，但不是幸福。财富如此，一切如此，所有身外之物能带来的都不是最有意义的改变。而充盈富足的内心，才能带来真正的幸福和安全感。不虚度这有限的生命，尽力活出自己，绽放出独特的魅力，这是生命的意义所在。难怪一朵花的死亡叫作“谢了”，一个曾经恣意绽放的生命，在离开的时候，最想说的是感谢，感谢它曾经得到的一切。

对于“正在得到一切”的我，同样如此。

我的心理咨询师曾经对我说，自古以来世间所有的生命得以存活，最该感谢的是痛觉。正是因为有了痛觉，人和动物才学会躲避伤害，从危险中逃离。而我也正是因为有了这次“伤害”，才得以为爱出走，痛定思痛，不断地成长，找到幸福的自己。如果说“每件事的发生都是有原因的”，那么这就是我们分手的原因。

说到感谢，带来所有这些伤害，我是说，这些成长的，是我的前男友。

听说他和她的恋情还没有公开，可能是怕家人反对，也可能是怕伤害我。我觉得，我应该去对他们表示感谢。他们是我生命中的两位贵人。我仅仅失去了一个变心的男人，却因此收获了我自己，这是多么划算的交换。

有了这个想法之后，我开始纠结。左边半个自己主张“不必多此一举，节外生枝”，右边半个自己主张“去见见他吧，就当是见见老朋友”。左右互搏三天之后，快要精神分裂的我，决定去见见这个“老朋友”。我需要一次告别。

事实上，我们并没有真正地告别过，只是一次匆匆相见，说好“再联系”，却默契地没再联系，他来拿东西，也是趁我不在的时候。我需要跟他做一个正式的告别，更重要的是，跟过去那个我，那个敏感虚弱永远觉得自己是受伤害的那个小女生，做一个告别。

周六上午，阳光不错，我拿着曾经在明信片上写过几十次的他的地址出发了。并不很远，但是交通不便，先坐车，再倒地铁，出来之后还要步行一段路。我并没有提前给他打电话。一方面是，不想让他提前有心理准备，倒是很期待那种一开门相视一笑泯恩仇的感觉。另外一方面是，如果他碰巧不在家，也就罢了，说明这是“小宇”的安排，我以后也不会再去。当然，最重要的原因是，我没有他的电话。他以前的电话已经被我某次痛下决心不联系的时候给删掉了。听说他其实也已经换了新的号码，我也并没有问。

所以，这次拜访有点儿像小时候亲戚朋友之间的，没有电话，不曾提前约定，因为不确定，所以多了期待和好奇。

步行的这段路，是很好的心情准备。我在心里反复演练了几遍自己的表情和语言，相信一会儿开门的无论是他，还是他女朋友，哪怕是怪物史莱克，我都能岿然不动地保持不卑不亢的微笑，说一句“你好”。

笑容是演练过的礼貌优雅，服装是挑选过的简洁大方，心理是坚定的平和强大。我深吸一口气，举起微微颤抖的手，敲响了3单元1502的门。叩门声响起的一瞬间，过去三年我们之间所有的片段突然一起拥堵在我的脑子里，脑神经交通瘫痪了。

有脚步声，然后门口猫眼中透出的微光被遮住了，我知道我正在被“验证”，也能想象出一门之隔的对方惊讶的心情。为了安抚他，我露出了演练过的笑容，希望表达出的善意能打消他的疑惑。

对方明显有点儿迟疑，但是，门开了。

我条件反射地露出笑容，那句“你好”却没及时送出去，因为是一个陌生的男人！这不在我的设定选项中啊。

“你好。”他说。光从他背后透出来，显得他的白衬衫特别干净。

“你……好……”我机械地重复着他的话。

“你找哪位？”他好像还没决定要笑还是不笑，所以每种表情各有一半。

“噢，”他的提醒让我瞬间恢复正常，我想起我是来干什么的了，“请问，Z是住在这里吗？”

“是你啊”，听到Z的名字，他仿佛做了一个决定，如释重负地让笑的表情占据了整个脸，显然，他笑起来比刚才更好看，“他不住在这里。”

“噢，那他……搬去哪里了？”我对不在演练中的新情况有点儿不知所措。

“抱歉，我不认识他，所以……我也不知道。”他又笑了。

“那你是……”

“我只是住在这里，我搬来快一年了。”

一年？一年！所以Z不住在这里了？是他一直住在这里？

我的大脑已经接收到了这个信息，但是还不能充分地理解和判断。我有很多疑问，可是显然他不是该问的人。

“那……谢谢！”老站在这里显然不礼貌，我收拾好僵硬的笑容，决定告辞了。看

MUSEUM
安妮在工作 ANNIE

来“小宇”不希望再安排我们见面。

“请问你是 M 吗？”他的语气很轻松，可是我看得出他有点儿紧张。

“啊？”我的大脑二次短路了。

“啊！”我点点头。

“是 M？”他再次确认，脸上洋溢出很灿烂的笑容。

我又麻木地点头。

“能请你进来一下吗？”

进陌生男人的房间？这绝对不行！可是，他知道我的名字！

他把门打开，阳光倾泻到楼道里，我麻木地看着他走进去。他跟在我后面进门，体贴地保持门继续开着。

房间很明亮，落地窗的玻璃和他的衬衫一样干净，家具都是白色的。

客厅的墙上挂着一张我最爱的凡·高的《星空》，我没表现出我的惊喜。

他带我穿过客厅，左转，是一条小小的过道。

他站在墙边，打开壁灯。

三个银色金属射灯亮起的一瞬间，我傻掉了。

墙上有一块木板，上面贴了整整齐齐的、满满的明信片。

我没有数，但是我猜有 25 张。

因为每一张都是我写的。

每一张，都是手写的那一面冲外，全部都写着这里的地址。

“从我住进来的第一周，就开始收到你的明信片，”他指着最高处的第一张跟我说，“那时候，你在土耳其。”

“土耳其？”从土耳其开始？天哪，我到底都写了些什么啊！

“我知道你后来去了美国，你有了‘西归浦’，你去了西班牙，你去了云南，我跟着你去了好多地方。”

我已经囧得不行，同时盘算着，这到底算不算侵犯隐私权呢？我有律师朋友，要不要告他？

“我知道你可能是寄给以前房主的，一开始想给你寄回去，可是你没留地址。”他说话的速度很慢，也很好听，“后来看你的明信片就成了生活的一部分，我很期待看到你的旅行感悟。有时候，晚上回家，累了，就一边喝酒一边想，你现在在哪里玩，看着这些明信片，就觉得很开心。”

我用那么真挚的感情写的明信片，最后成为了你的下酒菜？！我又懊恼，又尴尬，后悔自己每次只顾寄出去，不问问对方收到没有。

“我非常喜欢看你写的这些文字，我能感受到你的成长，这些成长也给我带来很多启示。我不知道有没有机会见到你，没想到你真的来了，实在是……”他没说完，摇了摇头。

我的眼光一直在那些我亲手写的明信片上，想努力回忆起自己到底都写了些什么。但是想到他看这些明信片的次数肯定比我自己还多，就放弃了。不管写了些什么，都已经写了。

“我想我非常理解你的感受，也知道你经历的这些过程，我在两年前，也刚刚经历这些。”他又露出了好看的笑容。

“‘小宇’是你干的吗？”我在心里大声嚷着。

“如果你不介意，我想跟你做朋友，我非常欣赏你的勇气和积极。”他收敛了笑容，认真地对我说。

“小宇”！你这个事情干得……太……牛啦！我抬头看着天花板，对着“小宇”笑。

“如果你不愿意，也没关系，毕竟这些明信片不是写给我的。”他有点儿不知所措了。

“小宇”！你太有创意啦！我简直五体投地！从外貌到谈吐，我都喜欢！

“其实，我已经在别处买了房子，可是一直没搬走，尽量拖延时间，希望能见到你，哪怕收到更多张明信片也好。希望你不会不开心。”他对着客厅的实木地板，露出很抱歉的表情。

我又没有躺在地板上，我在这里啊！我简直想要对着他挥手。

“嗯，很抱歉我看了你的明信片，现在觉得的确有点儿唐突。”他开始向后退，给我让出路。

我转过头，抿着嘴看着他："我就是写给3单元1502的人看的呀。"

"我猜，他看到一定不如我看到更开心。"他眼睛里都是笑。

"是啊，一切都是最好的安排。"

谢谢你"小宇"，谢谢你给我安排的这场"最好的告别"。我在心里对着"小宇"深情一吻。

"小宇"把它欣慰的笑容呈现在对面男人的脸上。

后记

路上没有别人

前几天接到尼玛的电话，说他要结婚了，跟一个台湾姑娘。这真让人开心。他还说，摩梭手工围巾已经有了更多的花色和样式，同时，家里房后正在建一个厂房，以后姑娘们织布和学习就有统一的地点了。他说家里现在已经变了样子，让我有时间回去看看。

从云南回来之后，我和几个朋友四处帮尼玛推销围巾，做了几单小生意。虽然只是授鱼没授渔，但也算是一次有益的尝试吧。

借此机会，感谢好朋友 Kris、中金公司的郭一昕、张潇潇，还有 Lotto 公司的谢松波，以及前门疯果堂的马樯和贾慧对摩梭手工围巾的帮助。

目前，摩梭手工围巾的销量还很小，阿七妈妈和尼玛很吃力地在拉着这辆当地手工文化的大车。

非物质文化遗产摩梭手工纺织品应该让更多的人知道它的价值。我相信，每多一条围巾的销售，都能让摩梭文化得到更广的宣扬。

写完这本书之后，我又经历了很多场旅行，一个人的，两个人的，很多个人的。

和不同的人旅行，感受会不一样。但时间久了就会发现，其实外界所有的条件变化都不过是装饰。

真正在路上的只有我自己。真正去经历这些的人，只有我自己。

就像人生。

遇到的每个人，都不过是旅伴，有些陪得久，有些陪得短。无非生离，或者死别。

只有你自己是会一直走下去的。

从这个意义上说，路上没有别人，只有自己。

世界上最好的告别，就是告别那个不快乐的自己，然后，在路上遇到真实的自我。

那个真正的自己，是以前做梦都没有想到过的，但是却如此令人兴奋。

其实，现在的我同样走在旅行的路上，这场旅行的终点叫梦想。

图书在版编目（CIP）数据

最好的告别，是将你遗忘在路上 / 老m著. —北京：中国华侨出版社，2013.10

ISBN 978-7-5113-4203-4

Ⅰ. ①最… Ⅱ. ①老… Ⅲ. ①游记—作品集—中国—当代 Ⅳ. ①I267.4

中国版本图书馆CIP数据核字(2013)第256360号

最好的告别，是将你遗忘在路上

著　　者：老　m
出 版 人：方　鸣
责任编辑：叶　辞
封面设计：胡　蓉
经　　销：新华书店
开　　本：700mm×990mm 1/16　印张：17　字数：256千字
印　　刷：廊坊市兰新雅彩印有限公司
版　　次：2013年12月第1版　　2014年4月第2次印刷
书　　号：ISBN 978-7-5113-4203-4
定　　价：39.80元

中国华侨出版社 北京市朝阳区静安里26号通成达大厦3层 邮编：100028
法律顾问：陈鹰律师事务所
发 行 部：(010) 82068999　传真：(010) 82069000
网　　址：www.oveaschin.com
E-mail：oveaschin@sina.com

如发现印装质量问题，可联系调换。质量投诉电话：010-82069336